# L'INCIDENT

DU MÊME AUTEUR

Dit-il, *1987*
K. 622, *1989*
L'Air, *1991*
Dring, *1992*
Les Fleurs, *1993*
Be-Bop, *1995* ("double", nº 18)
L'Incident, *1996* ("double", nº 63)
Les Évadés, *1997*
La Passion de Martin Fissel-Brandt, *1998*
Nuage Rouge, *2000* ("double", nº 40)
Un soir au club, *2002* ("double", nº 29)
Dernier amour, *2004*
Les Oubliés, *2007*
Lily et Braine, *2010*

CHRISTIAN GAILLY

# L'INCIDENT

LES ÉDITIONS DE MINUIT

7, rue Bernard-Palissy, 75006 Paris
www.leseditionsdeminuit.fr



ISBN 978-2-7073-2069-8

N'importe, nous nous
serons bien aimés.

FLAUBERT

# PHASE I

## Visite pré-vol

Monter dans l'habitacle et vérifier :
– volets rentrés,
– tous contacts coupés,
– compensateurs neutres.
Faire le tour de l'avion et vérifier :
– réservoir essence fermé,
– volet, aileron, gauche,
– tube Pitot propre,
– pneu et jambe du train gauche,
– capot moteur fermé,
– état hélice, entrée d'air cylindres,
– porte de visite huile moteur fermée,
– pneu et jambe roulette avant,
– pneu et jambe train droit,
– volet, aileron, droit,
– fuselage droit, prise statique débouchée.

## 1.

Elle avait des pieds pas ordinaires.

A cause de ses pieds, elle était obligée d'aller là où elle ne serait pas allée si elle avait eu des pieds ordinaires.

Ses pieds, très aériens, comme d'autres ont le pied marin, bien que tout à fait normaux, normalement constitués d'une plante, d'orteils, cinq, d'un talon et d'un cou, avaient ceci de particulier, ils étaient longs et minces, pas extraordinairement longs, même pas longs du tout, c'est leur minceur qui les faisait paraître longs, ils étaient en effet extraordinairement minces.

Elle ne pouvait donc pas se chausser n'importe où, chez n'importe qui, elle était obligée d'aller dans Paris chez ce chausseur sis, ah, ça m'échappe, le nom aussi, dans une rue près d'une place à colonne, il y est toujours, toujours est-il, c'est en sortant de ce magasin que l'incident s'est produit.

Quel incident ? Oh, rien de vraiment capital, rien de très important, un incident tout ce qu'il y a de plus banal, quelque chose de tout à fait courant, mais parfois le courant, le banal, peut conduire à. A quoi ? On va voir ça.

Il faisait très beau. Le ciel était bleu, ça, pour être bleu, il était bleu, personne ne le regardait mais il était bleu, personne ne le regardait parce que personne ne pouvait le regarder, c'est bien simple, c'était si lumineux, si cruel pour les yeux, que de ce ciel on eût pu dire qu'il n'était qu'un soleil bleu. En somme, il faisait trop beau. Il en va du temps comme du reste. Quand c'est trop beau, c'est insupportable.

Depuis trois jours une chaleur terrible. On annonçait des orages pour demain. A Paris c'est comme ça, le beau temps ne dure jamais bien longtemps, comment ? si ? ça arrive ? sans doute, mais la plupart du temps on a droit aux orages, une histoire de masses d'air, du très chaud, du très froid, qui se rencontrent.

Les masses d'air, elle connaissait ça, mais ce jour-là elle n'y pensait pas. Cet après-midi-là elle était une femme comme les autres, si on peut dire, puisqu'elle n'a jamais été et ne sera jamais, enfin, pour moi, une femme comme les autres.

Elle était à Paris, donc, pour acheter des chaussures. Une fournaise dans le magasin, ou une étuve, comme on veut, les uns disent fournaise, les autres disent étuve, on a le choix, étuve pour chaleur humide, fournaise pour chaleur sèche, une véritable fournaise.

Elle dut d'abord attendre assise qu'une vendeuse se libère. Elle espérait avoir affaire à la petite qu'elle aimait bien, une brunette à cheveux courts et visage de garçon, précisons, de beaux grands yeux noisette, avec des reflets verts, une bouche pleine de chair d'un brun sanguin presque violet, qui en prenant son pied lui donnait un vague plaisir.

Ensuite choisir, essayer, ça a duré, une histoire de couleurs, de modèles, de pointures, qui ne se rencontrent pas, c'est toujours comme ça, si on veut que ça se rencontre, que ces choses-là se rencontrent, il faut si peu que ce soit, mais même peu c'est encore trop, renoncer, transiger, se compromettre, quoi.

Finalement elle s'arrêta, fixa son choix, sur un modèle très approchant de ce qu'elle cherchait, d'une couleur proche, et qui, c'était là le plus important, lui allait comme un gant.

On rangea les chaussures dans la boîte, tête-bêche, talon-pointe, comme dans un berceau, ou un cercueil pour deux, vieux rêve d'amants jumeaux, voilà, papier de soie, couvercle, puis la boîte dans un sac vert fermé de part et d'autre, à l'horizon de la poignée par une série de pressions dont une réagit mal, quand on ferme la dernière à gauche, la première à droite se rouvre, ah, quel tracas.

Laissez, dit-elle à la vendeuse. Après quoi elle paya, salua, sortit. C'est en sortant du magasin que l'incident se produisit.

Il y avait du monde sur le trottoir, une foule plus que lente, nonchalante, processionnant hagardement. Le soleil tapait dur, une douleur pour les yeux. On imagine mal, si tant est qu'on l'imagine, mais peut-être l'imagine-t-on, ce qu'une rue peut compter, contenir, d'objets qui réfléchissent. Tout d'ordinaire paraît terne, mais, dès que le soleil chauffe, le gris fond, la crasse coule, sous elle tout se réveille, miroite, brûle, consume, que dis-je ? calcine le regard des hommes, des femmes.

C'était une femme pas ordinaire, je ne me lasse pas de le dire, d'une beauté si singulière, son élégance était si rare, sa main gauche prise par l'enveloppe des chaussures, elle voulut ouvrir son sac où devaient se trouver ses verres noirs.

Les trouva, les ouvrit, du bout de son doigt, l'index, sur son nez les cala, double protection, physico-mentale, vue et personnalité, deux en un.

N'eut pas le temps de refermer son sac à main. On la bouscula. On le lui arracha. Qui, on ? Du calme.

Elle pensa crier. Mais elle était tellement surprise, étonnée, ou vexée, je dirais même outrée, c'est ça, scandalisée, blessée dans l'âme, honteuse pour l'autre, d'appartenir au genre, d'être née dans le sein de la même espèce. Elle se contenta de murmurer de vagues débuts, mollement protestants, de timides mais enfin, des ah bah ça alors.

Elle pensait crier quoi ? Au voleur, arrêtez-le, faudrait pas croire qu'elle n'y a pas pensé, elle y a pensé, tout le monde y pense en pareil cas, comme quand on se noie, tu vois, on crie au secours, à l'aide, je me noie, sauvez-moi, on trouve ça ridicule mais avons-nous le choix des formules ? non, pas plus qu'avec les mots d'amour, on n'a même pas le temps de touver ça ridicule, on crie au secours, à moi, on m'assassine, à l'assassin, d'ailleurs non, même pas, ça reste là, coincé, on n'ose pas, on crève sans oser appeler, tout le monde sait ça, les grandes terreurs sont muettes, bouche bée, gueule ouverte, enfin bref, elle n'osa pas.

Elle regardait le long dos du voleur, grand verso maigre, vêtu de noir, par cette chaleur, il devait avoir chaud, il paraît que le noir absorbe, retient toute la chaleur, les cheveux noués, une queue de cheveux qui sautillait chaque fois que le jeune homme courait, bousculant, jouant des épaules, des coudes, il était grand, elle a pu le regarder fuir un certain temps.

Que faire maintenant ? chercher où se plaindre ? Se renseigner ? Incapable de demander, trop affectée, trop chaud, trop de monde.

Peut-être aurait-elle pu avoir la chance de croiser une paire de policiers, elle se serait expliquée, ils se seraient occupés d'elle, ils l'auraient aidée à rentrer, oui, sans doute.

Elle ne croisa pas de policiers, n'en chercha pas, elle ne bougeait pas, elle restait là sur le trottoir, gênant le passage des gens, elle attendait, qu'est-ce qu'elle attendait ? sait-on jamais ? un quelconque revirement dans la caboche de son voleur, il va peut-être me revenir tout repentant, comme un amant fuyant s'arrête, se retourne, se dit non, au fond, non je ne peux pas, tu ne peux pas quoi ? vivre sans elle. Tu rêves, ma vieille.

Elle aurait pu aussi arrêter un taxi, il n'aurait pas compris, il aurait refusé de la prendre, du genre à dire je connais ça, j'ai pas confiance, les policiers eussent bien pu l'obliger mais il n'y avait ni taxi ni policiers, la question était réglée, elle devait se débrouiller seule.

Sans argent, il lui fallait de l'argent, elle n'avait plus rien. Elle avait les chaussures, l'idée lui vint de rendre les chaussures. Elle retourna dans le magasin.

Y retrouva l'odeur des cuirs, les yeux de la brunette prenant le pied d'une autre, l'abandonnant pour l'accueillir. Si vous voulez bien m'excuser un instant, dit-elle à sa cliente, une quinqua tout en vestiges, puis s'approcha d'un pas fait de lenteur décomposée.

Quelque chose ne va pas ? dit-elle, faisant allusion à la mine défaite qu'elle voyait de plus en plus près, mais le visage détruit pensait qu'on lui disait, la couleur ? le modèle ? vous avez réfléchi ? auriez-vous changé d'avis ?

Elle raconta ce qui venait de lui arriver, expliqua, fut comprise, ça arrive, elle demandait qu'on lui rembourse les chaussures. Elle demanda aussi qu'on les lui mît de côté, je repasserai plus tard, puis remercia, salua, sortit, rentra chez elle, se fit couler un bain glacé.

Froid, c'était trop froid, elle ajouta de l'eau chaude, se détendit dans un bain tiède, réfléchissant, se disant, le commissariat ce n'est pas si pressé, des centaines de vols comme le mien sont commis tous les jours, on ne retrouve jamais les voleurs, je n'ai aucune raison de me presser, sauf pour mes papiers de voiture, j'aurais mieux fait d'y aller en voiture, je n'aurais pas été obligée de rendre les chaussures, mais si, bien sûr que si, imbécile, tes clefs aussi, elles étaient dans ton sac, heureusement celles d'ici je les avais dans ma veste, c'est bizarre, jamais je ne les mets dans ma veste, c'est seulement en arrivant ici, ah la vache, j'ai eu peur, je me voyais mal, oh, remarque j'aurais dormi chez Josepha, et puis le gardien a un double, d'ailleurs avais-je tellement besoin de chaussures ? non, pas vraiment, enfin si, quand même, non, non, je n'avais pas besoin de chaussures, c'est ma faute, c'était juste une envie, comme ça, un petit plaisir, comme d'autres achètent un disque, histoire de, mais non, allons, calme-toi, il faut que tu déclares très vite le vol de tes papiers, de ton chéquier, cartes de crédit, c'est ça, il faut que j'appelle la banque, silence, durée, bruit d'eau, relance de la pensée.

J'irai demain, je ferai tout ça demain, pensa-t-elle, se tournant dans l'eau tiède, faisant sur son épaule glisser comme une couverture d'eau, non, il fait trop chaud, un léger drap d'eau tiède.

# 2.

Au bout de son rouleau. La trotteuse continuait de battre mais n'avait plus la force de franchir la seconde suivante, la barre, la barre de mesure, la quatrième avant le chiffre onze, la barre de la cinquante-quatrième seconde, six avant la minute, une minute de plus, elle n'a pas pu.

Georges la regardait depuis un moment, ému mais sans réelle pitié, ne songeant qu'à lui-même, ne songeant même plus à l'encourager, même vaguement, se disant, elle va bien finir par s'arrêter, elle est crevée, elle n'en peut plus, moi non plus, pourquoi ne pas nous arrêter ?

Il y pensait très fermement, depuis longtemps. Il était presque décidé et puis. Oui, et puis. Toujours cet et puis. Cet épuisant et puis. Si vous pouviez me changer ma pile, dit-il.

Il fit glisser de son poignet puis le long de sa longue main sa montre. C'était un bracelet extensible. Il l'avait depuis au moins vingt ans. Il l'aimait bien, le gardait quand il changeait de montre, le faisant passer de la vieille à la neuve.

La dernière en date, celle que Georges Palet tendait, était ordinaire en acier. Il avait payé ça quatre cents francs en janvier. Il avait froid. Il venait de survivre à Noël. Il avait même sauté la haie du jour de l'an, lentement, sans pouvoir dormir, les noceurs klaxonnaient, et le quatorze arrivait, il allait prendre lui aussi un an de plus, alors il s'était fait ce petit plaisir pour son anniversaire, il est né en janvier, un quatorze, en pleine guerre.

Mais bien sûr, dit la vendeuse de la bijouterie de la galerie marchande de l'hypermarché Continent à gauche en remontant quand on vient du cimetière de l'Haÿ-les-Roses.

Une fille sans beauté, sans laideur non plus, ni belle ni laide, elle était comme elle était, comme nous autres, pas maquillée, pas de collant sur les jambes, faut dire qu'avec cette chaleur, pas l'ombre d'un hâle, habillée très court, la jupe, un peu grosse de bassin et de seins, mais rien de trop, juste ce qu'il fallait pour que Georges, quoi pour que Georges ? rien, rien, t'énerve pas.

Elle lui prit sa montre. Elle aussi avait de belles mains. Ils avaient au moins ça en commun. S'ils avaient pu se toucher les mains. Eh bien ? Ils se seraient rendu compte que la main, plus que tout autre lieu du corps, enfin bref, elle essayait de tourner la montre, elle voulait regarder le boîtier, mais avec un bracelet extensible.

Laissez, dit Georges, j'ai l'habitude. Georges connaissait bien son bracelet extensible. Laissez-moi faire, dit-il. Il prit sa montre, la retourna, la rendit. Merci, dit la fille, un peu vexée, elle avait tort, Georges était ravi d'avoir pu l'aider, mais c'est toujours comme ça, l'un est ravi l'autre vexée, les émois ne se rencontrent pas. Il lui adressa quand même un sourire, se disant : Si ça commence comme ça, je suis pas près d'en sortir.

Il était entré comme dans un moulin. C'était pas une boutique, non, un espace ouvert, ça existe, où l'on circule très librement entre des vitrines lumineuses avec toutes sortes de bijoux dedans, et des montres, bien sûr, des montres, celle de Georges en sortait.

Avant d'être à lui, elle était là, en vitrine. Ensuite à son poignet elle avait voyagé. Voyagé ? Oui, enfin. En tout cas elle revenait dans les mains de la vendeuse.

La même vendeuse ? Non, sûrement pas, Georges s'en serait souvenu, il n'oubliait jamais une fille qu'il avait vue, ce qui s'appelle voir, comme lui seul savait voir, avec un tel désir de se rappeler, il avait ce grave défaut, la fille lui tourna le dos.

Elle se pencha sur une table haute, comme une écritoire mais d'horloger, ça permet de travailler debout, à côté d'un tabouret lui aussi haut si on est fatigué, elle devait l'être.

Elle s'y percha. Sa jupe déjà courte remonta. Ça embarrassa Georges. Ça fit même plus que l'embarrasser. Il aurait bien aimé regarder sa peau marbrée soi-disant signe de bonne santé. Il aurait bien aimé aussi la voir manipuler sa montre. Eût aimé observer comment elle s'y prenait pour y loger la petite pile. Il préféra se tourner, se retourna puis se força à regarder les vitrines.

Fut très intéressé par la manière dont elles, les vitrines, étaient éclairées, ça l'intéressait vraiment beaucoup, cette lumière qui semblait venir de l'intérieur, oui, vraiment ça l'intéressait, ça alors, que la lumière semblât comme enfermée, prisonnière, mais c'est normal, pas de quoi s'alarmer, tout ce qui est censé reposer le regard est fermé à clef, les bijoux, les œuvres d'art, les femmes, voilà, c'est ça, c'est à cause d'elle qu'il pensait à ça, il se retourna.

Elle avait terminé. Elle remettait la montre

à l'heure. Georges vit tout de suite qu'elle tournait les aiguilles à l'envers, remontant le temps, c'est plus court, la bonne heure était juste derrière : Elle va me dérégler mon dateur, se dit-il, sachant quel casse-tête c'était pour arriver à ce que la date changeât juste après minuit.

Ça le tracassait. Elle non. Elle régla la montre de Georges sur son heure à elle. Il allait maintenant vivre à l'heure de cette fille, laquelle était l'heure de tout le monde, rien ne changeait, il repartait sur les mêmes bases.

Elle poussa le remontoir, le poussoir, repoussoir anciennement remontoir, comment appeler ça ? ce truc qui une fois repoussé vous rejette dans le temps universel ? puis lui tendit sa montre.

Merci, dit-il, combien je vous dois ? Soixante francs, dit la fille. C'était beaucoup, certes, mais très peu si l'on songe qu'il s'agissait de vivre encore environ dix-huit mois.

En attendant, il paya. Passa sa main dans le bracelet extensible, ajusta la montre à son poignet, la regarda. Elle était comme neuve, pas une rayure, pas un éclat dans le chrome, une vague trace sur le verre, mais rien, ça se nettoie, la trace du doigt d'une main d'une fille mais rien, ça s'en va. Nous voici de nouveau réunis, lui dit-il, on en reprend pour un an et demi.

## 3.

C'était l'après-midi, il était tôt. Les allées paraissaient larges, elles n'étaient que désertes. Deux trois clients erraient comme égarés. On eût dit des promeneurs, des habitués des contre-allées, le soir, l'été, on s'arrête pour respirer l'odeur des arbres, la lumière publique joue dans les feuilles, on regarde un immeuble, on se souviendra du numéro.

Les caissières somnolaient comme le chien du vigile, la gueule prise dans une muselière. Son nez coulait, il ne pouvait pas se moucher. Un chien se mouche en se léchant et le vigile, chétif paradoxal, avorton au crâne rasé, un rachitique, un pauvre type, discutait avec un géant noir bien habillé, blaser, cravate club, flanelle grise, esclave sapé comme l'ancien maître. Georges les regarda tous les deux en passant.

Il avançait lentement. Il écoutait le bruit de ses semelles sur le dallage, un frottis caressant, souple, légèrement crissant, l'éprouvait, le sentait monter dans ses jambes, se propager jusque dans l'idée qu'il se faisait de la marche, lui qui ne sortait jamais, marchant par conséquent si peu, il découvrait là un vague plaisir, celui de se déplacer dans le calme, mais ça ne dure pas, ça ne dure jamais.

Il laissa devant lui s'ouvrir les portes automatiques, deux grandes glaces à sa botte, puis déboucha sur le parking en plein soleil.

Les quatre pièces de dix francs que la vendeuse lui avait rendues se baladaient à chaque pas dans sa poche, ça tintait comme aux chevilles d'un très grand guerrier nègre, bondissant, qui danse. Il y plongea la main, les transféra dans sa veste de laine. Il avait trop chaud, l'ôta, la balança sur son épaule.

A présent il marchait en chemise blanche

à manches longues, les poignets retroussés, à gauche sa montre accompagnait le mouvement du bras, il la regarda. L'acier blanc doux façon platine se dorait au soleil, la trotteuse trottait, cheminant vers l'endroit où se trouvait la voiture. Il allait faire chaud dedans, sûrement, les orages tardaient. Ça la lavera, pensa Georges. Il approchait, l'imaginant sous une pluie torrentielle.

Il ouvrit la portière, laissa s'échapper l'air brûlant, lui laissa le temps, lui au moins pouvait s'échapper. Georges y songeant eut la satisfaction toute bête de permettre à l'air de s'échapper, une réjouissance simple, le contentement d'un homme qui, ne pouvant s'échapper lui-même. On a compris. Se disant, si moi je ne peux pas, eh bien qu'au moins cet air-là puisse, se disait-il, les yeux dans le bleu du ciel : même s'il ne s'agit que d'air, de vent, l'air brûlant a cette propriété d'être ascendant, il s'élève et élève.

Machinal, avant de monter, il jeta un coup d'œil sur son aile, une habitude, on retrouve souvent son aile rayée, ça vous contrarie pour la journée.

L'aile n'avait rien, non, mais à côté de la roue, près du pneu, un Pirelli tubeless, se mirant dans l'enjoliveur, par terre il y avait. Quoi ? Une seconde, je regarde. Georges se pencha un peu, se redressa. Alors ? Oui, c'est bien un portefeuille, et puis autre chose, je ne sais quoi.

J'aime pas ça, se dit-il, puis se demanda ce qu'il devait faire : le laisser ? le ramasser ? me laisser le ramasser ? m'en empêcher ? me forcer ?

Il décida de se baisser. Ça a commencé comme ça. Ça aurait pu ne pas commencer. Il ramassa d'abord le portefeuille.

Du cuir fin, brun rouge, une paire d'initiales d'or, deux M comme embrassés se chevauchaient dans le coin. Georges l'essuya avec sa main, pensif, lent, donc avec soin, reculant le moment, se disant que peut-être.

La chose un peu abîmée avait pris la poussière, séjourné par terre, tombée ou jetée, volée puis jetée, volée puis fouillée puis jetée, il n'y avait pas d'argent dedans, seulement des cartes de crédit, la grise auto, permis de conduire, celle dite d'idendité. Georges la tira, l'ouvrit.

# 4.

Nom : MUIR<br>
Prénom : Marguerite<br>
Née le : 24 février 1955<br>
À : Paris 4$^{e}$<br>
Taille : 1 m 75<br>
Signes particuliers : néant<br>
Domicile : 8 rue des Ecoles<br>
SCEAUX<br>
Hauts-de-Seine

Un visage sérieux, mince, maigre, grave, long, osseux, d'une beauté sombre, regard châtain, un peu chagrin, même triste, on peut dire triste, on pouvait, un fond de tristesse comme Georges les aimait, mais ce n'était qu'une photo, donc triste à ce moment-là, juste pour la photo, à cet instant précis la tristesse l'avait saisie et l'objectif l'avait saisie triste.

Georges remit la pièce en place, referma le portefeuille, le posa sur le capot, se baissa de nouveau, il allait maintenant s'intéresser à l'autre document, une sorte de passeport, on continue d'appeler ça un passeport, on ne passe plus les ports, on ne passe plus que des aéroports.

PILOTE PRIVÉ AVION

La photo était si différente. C'est pas possible, se dit Georges, c'est pas la même femme. Pourtant si, regarde. Il vérifia. C'était bien le même nom, la même adresse.

Sur cette photo-là elle souriait. On voyait ses dents, des petites dents, ça lui faisait un sourire délicieux, enfin, agréable, un serre-tête, des lunettes sur le front, une plaisanterie sûrement.

Donc elle aime plaisanter, pensa Georges.

Ou alors elle est snob. Mais non, regarde, elle a vraiment l'air de s'amuser, les snobs ne s'amusent jamais. Oui, bon, snob ou pas, résumée, c'est une femme de quarante ans, triste le plus souvent, presque aussi grande que moi, qui porte un drôle de nom, fait de l'avion pour se distraire, qu'est-ce que je vais en faire ?

Georges parlait tout haut des papiers de cette femme, de l'identité de cette femme comme s'il se fût agi déjà de la femme elle-même. Toujours debout à côté de sa voiture. Le soleil lui cuisait le crâne. Le cœur battait fort. Anormalement. Il commençait d'éprouver quelque chose de vague, quelque chose d'un peu étourdissant, il ne remarqua même pas les deux filles dans la vieille BX, elles étaient jolies pourtant, mais jolies, qu'est-ce que ça veut dire ?

Elles essayaient de se ranger à côté de lui. Celle qui conduisait manœuvrait mal. Elle hésitait comme une débutante avec un grand A, rouge, à l'arrière. Elle avait chaud, ses joues de blonde étaient aussi rouges que son A. Elle avait largement la place. Elle reculait, avançait, ça n'en finissait pas. Si, non. Elle estima. C'était pas encore ça. Recommença. Là, voilà, comme ça ça va.

Georges recula, s'appuyant à sa voiture, afin que la fille, l'autre, la passagère, puisse ouvrir sa portière. Elle était pas mal non plus, celle-là. Elle descendit de voiture, une BX grise. Son pantalon blanc était transparent, mais peu importe, pensa Georges, j'ai autre chose en tête. On voyait le slip dessous, noir ou bleu marine, mais je m'en fous, pensa Georges. Quelle faute de goût, pensa Georges, puis : Tout est pardonnable. Non, se dit-il, pas tout, pas le mauvais goût. Parce que, se dit-il, s'adressant en pensée à la fille, contrairement à ce que tu crois, ma fille, les couleurs et les goûts, ça se discute, puis soudain il eut envie de la toucher.

Puis, d'envie en envie, il eut bientôt le désir de l'étrangler, voilà, de lui faire son affaire à celle-là, là, maintenant, à l'autre aussi, elle était décolletée, fallait voir, les buter toutes les deux, les buter ? oui, leur faire passer le goût, le mauvais goût de me provoquer, eh là ! halte-là non mais à quoi tu penses ? ça va pas ? ça te reprend ? arrête ça tout de suite, arrête, je te dis, tu m'entends ? arrête de penser à ça, s'il te plaît, n'y pense plus, là, voilà, du calme, mon vieux Georges, du calme, tu sais ce que ça t'a déjà coûté, alors du calme, d'accord ? ce ne sont que des femmes, après tout.

Il les regarda s'éloigner, une image, leur image, la sienne, elle était à lui maintenant, imprimée dans cette zone, aire de repos du regard.

Elles échangeaient des rires, se tenaient le bras, additionnant leur âge, la couleur de leurs cheveux, la même belle démarche ondulée, quarante ans à elles deux, Georges cinquante-huit à lui seul.

Qu'est-ce que je vais faire d'elle ? se redemanda-t-il. La remettre à la milice de l'hyper ? Non, sûrement pas. Je ne peux pas les blairer. Je les ai vus torturer un môme. Alors, à qui ? Aux flics ? Oui, pourquoi pas ? Je ne les aime pas beaucoup non plus ceux-là, mais il se trouve que, là, il avait besoin d'eux.

Il monta dans sa voiture, posa sa veste sur le siège avant droit, puis le portefeuille, la licence, sur la veste de laine. Il les regardait. Ces deux pièces convaincantes. Mais je peux aussi me débrouiller seul, pensa-t-il : j'ai son nom, son adresse, donc son téléphone, si elle a le téléphone, mais oui, elle l'a, tout le monde a le téléphone : non, pensa-t-il, pas les pauvres, et ils sont nombreux : mais elle n'est pas pauvre, l'aviation ça coûte cher, encore faut-il qu'elle soit dans l'annuaire, j'espère que oui, je pourrai alors l'appeler, lui dire, voyons.

Lui dire voilà, je m'appelle Palet, vous n'avez rien perdu ? si ? quoi ? un portefeuille ? et puis ? non, pas ça.

Lui dire voilà, je m'appelle Georges Palet, non. Lui dire allô, je voudrais, ou puis-je, ou pourrais-je, ou serait-il possible, non plutôt pourrais-je, parler à Marguerite Muir ? Non, à mademoiselle Muir. A mademoiselle Marguerite Muir.

Son nom complet est vraiment beau, bizarre mais beau, je l'aime, si j'arrive à la rencontrer je lui dirai que je l'aime, Muir tout seul ou Marguerite toute seule, non, mais les deux ensemble, oui, beaucoup, je lui dirai.

Elle répondra c'est moi, ou moi-même, c'est elle-même, ou madame, après tout. Ah oui, merde, c'est vrai, j'avais pas pensé à ça. Et alors ? qu'est-ce que ça change ? Bah rien, je sais bien, mais quand même, j'eusse préféré que ce soit mademoiselle. Tu eusses rien préféré du tout, tu n'en sais rien.

T'as raison, alors lui dire voilà, non, pas voilà, allô, je voudrais parler à Marguerite Muir. C'est elle-même. Ah bon ? eh bien, bonjour mademoiselle. Madame. C'est ce que je craignais. Comment ? Rien, rien. Qui êtes-vous ? Eh bien voilà : je m'appelle.

Non, pas besoin de lui dire comment je m'appelle, dire seulement, Je vous appelle parce que. Parce que quoi ? qui est à l'appareil ?

## PHASE 2

### Mise en route

– frein serré,
– essence ouverte,
– plein riche, étouffoir poussé,
– contact magnéto sur 1 + 2,
– contact général,
– pompe électrique,
– moteur froid, 5 injections,
– moteur chaud, 2 injections maxi,
– gaz, 1 cm
– démarreur, 10 secondes maxi et repos 30.

# 5.

Du beau bois, exotique ou des îles, ocre rouge verni, deux couches, un portillon tout neuf.

L'autre, l'ancien, c'était de la ferraille peinte, rongée par la rouille. Chaque fois qu'on le claquait, un morceau tombait. Et on le claquait. Pressé ou fou de rage. Ou on le laissait claquer, l'effet était le même, un morceau se détachait. Ça faisait des trous. Ça n'était plus qu'un trou en ruine. Le portail idem.

C'est d'ailleurs curieux parce que, le portail, on ne l'ouvrait jamais, par conséquent on ne le claquait jamais, pourtant la rouille tombait. Le claquage n'aurait strictement rien à voir, alors ? Si, si, on peut dire si, le claquage accélérait, ça précipitait les choses.

Le nouveau portail était beau, du même bois, pareil, plus large, forcément, deux battants, des belles ferrures, une nouvelle serrure, un jeu de clefs.

Georges, pas encore habitué, cherchait dans son trousseau. Il ne trouvait pas la bonne. La trouva, ouvrit le portillon. Entra, le referma, sans le claquer.

Ça fonctionnait bien, le pêne se logeait gentiment dans la gâche. Tout était parfaitement ajusté, l'ouvrier avait bien travaillé. Georges, sans le surveiller, avait observé comment il s'y prenait dans son travail, pas trop longtemps, ni trop souvent, il avait peur de le gêner, lui-même totalement désœuvré. Il venait voir si ça allait, si ça avançait, il n'inspectait pas, il regardait : Ça va comme vous voulez ?

Il s'entendait encore parler à l'ouvrier avec la voix d'un autre, n'étant lui-même pas vraiment là, pourtant il était là, à la même place, exactement au même endroit, sa veste de laine sur l'épaule gauche, le portefeuille et la licence dans la main droite.

Sans eux, ces documents compromettants, il se serait volontiers rebarré. Pour aller où ? Oh, n'importe où, le réservoir était plein. Rouler jusqu'à plus soif. C'est ça, comme un héros vague dans un vague film adapté d'un roman flou. Mais tout seul, non, ça vaut pas le coup. A peine parti, on a envie de revenir, on se demande qu'est-ce que je fous ? alors on revient et puis, oui, et puis.

Faut dire aussi. Chez lui c'était trop calme. Il fallait avoir du coffre pour supporter un calme comme ça. Il avait quitté un grand immeuble où on ne s'entendait pas pour venir vivre ici où il n'entendait que lui. Surtout quand il pleuvait, ou quand la nuit tombait.

Il faisait encore jour. L'après-midi passait. La cour était encore en plein soleil, à l'ombre vers cinq heures. D'ici là Georges allait téléphoner. Il était revenu pour ça.

De toute façon, il n'avait plus le droit de s'en aller. Il n'avait d'ailleurs plus aucun droit.

Pas même celui de voter, mais ça, ça ne le privait pas. Non, ce qui le privait. Non, rien. Rien ne le privait. Enfin si, ce qui le privait. Non, n'en parlons pas, laissons les choses parler d'elles-mêmes, les gestes, les actes, n'y pensons même pas, si possible.

Si au moins il avait pu ne plus y penser. Il aurait aimé pouvoir. Toute sa vie il aura attendu ça : pouvoir enfin ne plus penser, à rien. Et c'est ça qu'il attendait d'elle, parce que, penser à elle, c'eût été comme penser à rien. Et il commençait déjà à y penser quand il entra dans la maison.

Il y faisait plus frais mais ça ne changeait rien. La fraîcheur puait la solitude. Et pas n'importe quelle solitude, la sienne. C'est son odeur qu'il retrouvait, cocktail d'ennui et fumée froide, cendres, fond de verre. La goutte, l'inatteignable, trop faible pour arriver jusqu'à ses lèvres, s'épuisant à laisser sa trace, séchait.

Il jeta sa veste sur un fauteuil, posa le portefeuille, la licence, sur la table, puis ouvrit toutes les fenêtres, il avait besoin de respirer, besoin aussi, peut-être surtout, d'entendre un peu de bruit, le bruit que font les autres, loin, même loin, mine de rien ce petit bruit, ce fond c'étaient les autres.

Puis il alla chercher l'annuaire, dans le salon, revint avec, le posa sur la table. Debout, il regardait l'annuaire le cœur serré. L'émotion l'étouffait. Ça le faisait penser. Il se disait : en somme, ce qui me détruit à petit feu, et c'est pas d'aujourd'hui, c'est ça, c'est l'émotion, qu'elle me manque ou qu'elle soit là, c'est pareil, ça me démolit.

L'ouvrit, feuilleta, tourna, trouva la commune. Chercha le nom dans la commune, tourna, feuilleta, s'arrêta sur la page, son doigt fébrile dégringola : Marn, Merp, Morv, Mud, Muir. Voilà, Muir. Muir Marguerite, 8 rue des Ecoles, c'était bien elle, elle était là, elle existait, elle avait même le téléphone.

Avec son vieux Waterman feutre il nota le numéro, referma l'annuaire, le porta dans le salon où se trouvait le téléphone, revint avec, tira l'antenne, s'installa à sa table, puis il commença à composer le numéro.

Ça ne répondait pas. Rien d'étonnant. A cette heure-là c'était pas étonnant, mais Georges, lui, ça l'énervait. Ne faisant rien lui-même, il pensait qu'elle en faisait autant. Il se trompait, elle faisait quelque chose. Il y pensa, se demanda quoi : où ?

Il insista quand même, recommença plusieurs fois, continua. Il savait bien que c'était pour rien. Il avait fini par l'admettre, mais ça fait rien, il insistait, on ne sait jamais, c'est vrai, ça le soulageait, en tout cas c'était mieux que de rester comme ça à attendre : quoi ?

Jusqu'à ce qu'il se sente fatigué. Pas découragé, non, fatigué. Il en avait assez d'appuyer sur la touche bis. Il était las d'entendre le guili-guili des impulsions électroniques cheminer en catimini, comme un loup de dessin animé déguisé en sourire, il finissait par le voir très nettement, il le voyait qui s'approchait de la maison de Marguerite Muir, il arrivait, s'arrêtait, sonnait, cinq fois, dix fois, ça ne répondait pas.

Il retourna au salon, ouvrit en grand la fenêtre. Regardant dehors, il écoutait la petite rumeur. Il allait détacher ses yeux de la maison d'en face. Pour la première fois, il s'y intéressa. Pas à la maison d'en face, un pignon blanc avec des volets verts, il s'en contrefoutait, non, au bruit de l'avion.

Toute la journée, au-dessus de chez lui, des avions légers passaient. Pas beaucoup, quelques-uns, de temps en temps, à haute altitude, ne faisant que passer ou bien amorçant leur descente. Jamais il n'y faisait attention. Il les entendait, certes, mais c'est tout.

Là, pour la première fois, il leva son nez vers le ciel. Le bruit du moteur approchait. Georges attendait le passage de l'avion. Celui-là, il voulait le voir. Le regardant passer, il n'alla pas jusqu'à imaginer qu'elle était aux commandes, que le pilote, ce pouvait être elle, mais ça allait venir, il allait finir par l'imaginer. Chaque fois qu'un avion passerait, désormais, il y penserait.

Il retourna téléphoner, sous le charme du signe, quelque chose comme un signe, sonore, visuel, perçu, dans le ciel, interprété comme tel, lisible, audible, au ciel, comme un accord, une reconnaissance, une complicité, un signe encourageant qui lui disait, venait de lui dire, là, à l'instant : Tu dois, il faut, retourne téléphoner.

Sa main, toujours belle, comme dispensée de vieillissement, au contraire des extrémités autres, comme les pieds ou la tête, sans parler du reste, s'approchait de l'appareil.

Au moment où elle allait le saisir, il se mit à sonner. C'est elle, pensa Georges, nom de dieu, c'est elle : elle vient m'aider, elle veut bien. Tu rêves, mon vieux. Ça ne peut en aucun cas être elle. Même si à force d'appeler, à force de penser qu'on appelle, on finit par croire qu'elle entend, au point d'appeler elle-même, mais appeler qui ? toi ? mon pauvre ami, elle te connaît même pas, c'est bien simple, pour elle tu n'existes pas.

C'était Suzanne. Cette chère Suzanne. Elle lui dit : Mais enfin qu'est-ce que tu fais ? ça fait une heure que j'essaie de te joindre. Une heure, ça l'étonnerait. Ça m'étonnerait, dit Georges, je commence à peine. Tu commences quoi ? C'était mal barré. Je t'écoute, tu commences quoi ?

A appeler, dit Georges. Appeler qui ? La femme du portefeuille. Quelle femme ? quel portefeuille ? qu'est-ce que c'est que cette histoire ? J'en sais rien encore, tu m'appelais pour quoi ?

Eh bien, dit-elle : ah, attends une seconde, ne quitte pas : Comment ? oui monsieur, je m'en suis occupée, oui, c'est fait, oui, le dossier est sur votre bureau, voilà, c'est ça, oh, de rien, mais non, je vous en prie. La voix de Suzanne n'était pas la même quand elle parlait à son patron, Georges imaginait qu'elle lui souriait. En effet, elle lui souriait. Georges avait raison. Les Georges ont toujours raison.

A qui tu parlais ? dit-il. C'était monsieur

Arnoux qui me demandait. Oui, oui, ça va, arrête, dit Georges, arrête, tu veux, je sais comment ça se passe. Il faut bien que je travaille, dit Suzanne, alors, s'il te plaît, ne recommence pas.

Elle regretta aussitôt d'avoir dit ça. Elle attendait la réaction. Le silence se prolongeait. Elle avait du travail, pas le temps, pas que ça à faire. Elle appelait juste pour lui dire et puis. C'est ça qui est terrible avec le téléphone. Ça déclenche des choses et on ne se voit pas. Les yeux ne sont pas là. On entend respirer.

Ça va pas ? dit-elle, tu te sens mal ? tu veux que je vienne ? j'ai du travail, mais si vraiment tu te sens, si vraiment ça va pas bien, je viens. Non, non, dit Georges, c'est pas la peine, tu m'appelais pour quoi ?

Dis-moi d'abord. Non, toi d'abord. Non, toi, quelle femme ? quel portefeuille ? Je t'expliquerai, dit Georges.

Non, non, explique-moi maintenant, tu as l'air bizarre. Georges était toujours bizarre.

Moi ? bizarre ? Oui, oui, dit Suzanne, allez, dis-moi ce qui se passe.

Rien du tout. Absolument rien. Il se passe que tout à l'heure en allant changer ma pile j'ai trouvé un portefeuille, alors j'essaie de joindre la fille, c'est normal, elle doit s'inquiéter, ça me tracasse, tu comprends ? je voudrais la rassurer, enfin, voilà, c'est tout, mais ça fait pas une heure, et toi alors ? tu m'appelais pour quoi ?

Pour la pelouse. Elle appelait pour la pelouse. Suzanne appelait Georges pour la pelouse. Comment ça, pour la pelouse ? Bah oui, dit-elle résolument, incurablement terrestre, heureusement d'ailleurs, deux rêveurs dangereux dans la maison : Tu sais bien que les enfants viennent déjeuner dimanche. Quel rapport ? Le rapport ? c'est qu'on va sûrement manger dehors, si le temps se maintient, parce qu'ici, au bureau, ils disent qu'on va peut-être avoir de l'orage. Mais non, dit Georges. Bon alors justement, je voudrais que tu tondes la pelouse, d'accord ?

## 6.

L'accordéon sortait par la porte entrouverte. Le son, pas l'accordéon. Il sortait violemment. Par l'entrebâillement, le son ne se faufilait pas comme un soufflet qu'on étire en souplesse. Non, le son était un large trait assourdissant, un passage en force, une plage entière, d'une vulgarité noire.

C'était un disque, une valse, comme toujours : eux au moins ne s'ennuient pas, pensa Georges en faisant jouer son épaule.

Tout le bras droit lui faisait mal. Il avait trop tiré sur la corde. La poignée au bout de la corde. Le démarreur de la tondeuse. A s'en démettre l'épaule.

Enfin, heureusement, l'herbe n'était pas haute. Il n'avait pas plu depuis un mois. Juste des petites averses, des ondées, ça mouille pas. Juste assez pour faire monter l'odeur de terre. Donc ce fut vite fait.

C'était net, une fois fini. C'est même beau, une pelouse bien tondue. Une joie simple pour gens niais. Ça sent bon et puis. Oui, et puis.

Comme les corbeaux dans les grands champs, les merles viennent picorer les graines. La chatte les surveillait. Elle en chopait un de temps en temps, ça se terminait en rouge et noir, en plumes et sang, une belle terreur d'entrailles.

Y a quelqu'un ? cria Georges. La question éternelle. Il y avait aussi une odeur d'anisette. Ça levait le cœur. Ça et la chaleur. L'appel de Georges n'avait pas porté loin. Ni sens, ni portée. On croit crier, on ne fait que geindre. On croit appeler, on ne fait que quoi ? Il réitéra mais en vain. En pure perte, voilà. Alors il pensa : je ne devrais pas mais je n'ai pas le choix.

Il poussa le portillon à la droite du comptoir, puis avança en direction de la porte du fond, les sons et les odeurs se précisaient.

Arrivé là, Georges frappa. Inutilement, il y avait trop de bruit, lui-même n'entendait pas ses propres coups, il les sentait seulement, se fit même mal au doigt quand il recommença. Sans résultat. Alors, cette porte, entrouverte, il la poussa, en grand l'ouvrit.

Au moment même où un jeune fonctionnaire en uniforme, ils manquèrent se cogner, tête nue, blond, le visage rouge, yeux bleus, regard candide comme n'importe quel autre ayant bu, son gobelet à la main, lequel faillit valser, s'apprêtait à sortir, sur le point, il sortait, était en train, venant voir si des fois il n'y aurait pas quelqu'un.

Qu'est-ce que vous faites là ? dit-il. J'ai appelé, dit Georges. De l'autre côté, dit le policier : Veuillez s'il vous plaît repasser de l'autre côté du comptoir.

D'habitude, à Georges, violent comme il était, il en fallait pas plus pour le mettre hors de lui. Moins que ça, même. Un rien le mettait dans un état. Mais soit, il obéit.

L'autre le suivit, s'arrêtant devant le comptoir, ce qui pour lui était derrière. Georges passa derrière, c'était devenu devant pour lui, le longea, puis, s'arrêtant, s'y accouda : oh, mon bras, pensa-t-il.

Le policier, de son côté, s'était lui aussi accoudé. Ils étaient maintenant séparés. Ils allaient pouvoir se parler.

C'est pour quoi ? dit le policier. Vous voulez bien fermer la porte ? dit Georges, on ne s'entend pas. Le jeune flic hésita, puis, jugeant l'observation de Georges non dénuée d'il ne savait quoi, il avait bu, il alla fermer la porte, puis revint se placer de biais en face de Georges. On entendait encore l'accordéon mais ça allait, c'était supportable. Georges grimaçait en se tenant l'épaule.

Vous êtes blessé ? dit le jeune policier, on vous a attaqué ? Cela fit marrer Georges, il aurait bien aimé, que quelqu'un lui fît sa fête, une grosse tête, que l'on la lui cassât, une bonne fois : Pour me voler mon portefeuille ? dit-il. Par exemple, dit le jeune Bordelais.

Il avait l'accent de Bordeaux, un peu vautré, tripotant son gobelet en plastique rainuré, le regardant. Les rainures, dit-il, ça sert : je blague pas, elles ont pour fonction d'assurer au récipient une certaine rigidité. Ah bon ? dit Georges, je croyais qu'elles étaient là pour faire joli. Pas du tout, dit Bordeaux. Il ajouta : Si en même temps ça fait joli, tant mieux, mais. Mais c'est pas le but, dit Georges, la beauté on s'en fout.

Alors, on vous a attaqué ? dit Bordeaux. Non, dit Georges, je me suis démis l'épaule en voulant faire démarrer ma tondeuse. Electrique, dit Bordeaux, électrique, y a que ça de vrai, pas de problèmes, un fil, une prise, ça fait pas de bruit, ça sent pas mauvais.

Comme le camion du laitier anglais qui s'arrête devant chez vous à l'aube, en silence, le plus parfait des silences, veillant sur le sommeil tranquille d'une femme qui respire dans le creux de votre bras, vous êtes éveillé et vous laissez vagabonder vos yeux sur elle, et c'est une délicieuse récolte de pensées, pensa Georges.

Puis disant oui, mais on observe de nombreux cas d'électrocution, à cause du fil, précisa-t-il, on laisse traîner le fil et clac, enfin, il paraît, dit-il. C'est possible, dit Bordeaux, enfin moi, vous savez, je vous dis ça. Oui, dit Georges, c'est histoire de causer, pendant ce temps-là. Oui, dit Bordeaux : au fait, vous veniez pour quoi ? Eh bien voilà, dit Georges.

Il fut interrompu par la porte du fond qui s'ouvrait, libérant de gros flocons, une débâcle de flonflons sur un fleuve de pastis, en même temps qu'un collègue aussi brun que Bordeaux était blond, criant Bernard avec l'accent d'Orange. Il était d'Orange. Le Bordelais s'appelait Bernard.

Bernard, gueulait l'agent d'Orange, alors ? qu'est-ce que tu fous ? tu viens oui ou merde ? Vous fêtez quelque chose ? dit Georges. Une promotion, dit Bernard de Bordeaux. Bon bah alors je vous laisse, dit Georges. Il allait partir, trop heureux de pouvoir éviter, profitant de ce que, content d'avoir pu éviter. Mais non, restez, dit Bernard. Trop tard.

Alors ? dit-il, vous disiez ? que vous veniez pour ? En effet, dit Georges, je venais pour, vous voulez bien fermer la porte ?

Bernard alla fermer la porte. J'arrive, dit-il aux autres. Puis il revint songeant : Il a raison, on ne s'entend pas. Alors ? dit-il, vous veniez pour ? Georges n'était plus là.

Bordeaux bascula son corps par-dessus le comptoir, regardant par terre, Georges était peut-être tombé, il avait peut-être eu un malaise, une attaque, il était peut-être allongé sur le parquet, la bave aux commissures, le dos tendu, cambré, réduit à un épouvantable tremblement. Cardiaque ? Epileptique ?

Georges ? Non, aucune maladie noble, il avait réfléchi.

Bernard se précipita dehors. Il déboucha sur le perron au moment même où Georges, un peu chancelant, allait monter dans sa voiture. Il le rattrapa, lui parla : Qu'est-ce qui vous prend ? dit-il, qu'est-ce que ça veut dire de partir comme ça ? vous venez, vous partez, à quoi ça ressemble ? allez, venez, mais venez, enfin. Puis, lui prenant le bras, il obligea Georges à se retourner, doucement, gentiment : Regardez-moi, dit-il. Georges le regarda droit dans les yeux. Ça n'intimida pas Bordeaux. Vous veniez bien pour quelque chose, dit-il. Oui, dit Georges. Alors venez, vous allez me raconter tout ça.

Bernard tenant toujours Georges par le bras, ils rentrèrent dans le commissariat, puis se réinstallèrent de part et d'autre du comptoir. Georges ne disait rien. Bordeaux le regardait, puis il bougea, longea le comptoir, poussa le portillon, le fit battre puis vint se placer à côté de Georges, s'accoudant près de lui comme au café. Vous voulez boire quelque chose ? Ma foi, dit Georges.

Ah la vache, ça brûle, dit-il. Le pastis était pur. Alors ? dit l'autre, je vous écoute. Il avait l'air d'avoir flairé un crime. Eh bien voilà, dit Georges, j'ai trouvé un portefeuille. Vous l'avez ? Evidemment, dit Georges, mais vous savez. Quoi ? dit l'autre. Rien, dit Georges, le voilà. Il sortit le portefeuille, le posa sur le comptoir.

Vous l'avez trouvé où ? Georges dit où. De l'argent dedans ? Non. Sa gorge se serrait, se nouait, sa voix. A mesure qu'il répondait, il avait l'impression qu'on lui volait Marguerite Muir. Peu à peu il la cédait. Il cédait. Il se rendait. La rendant, il capitulait, ça l'écœurait. Mais qu'est-ce qu'un jeune flic à l'accent bordelais se prénommant Bernard pouvait comprendre à tout ça ?

Il alla chercher un cahier de formulaires, y glissa deux carbones, puis fit les poches du portefeuille. On la fouille par ta faute, pensa Georges, sous tes yeux, tu tolères ça ? Tu devais la garder, se dit-il, te débrouiller seul.

Bordeaux ouvrit la carte d'identité, inscrivit le nom : MUIR, puis le prénom, puis, comme s'il devinait ce qui se passait dans le crâne de Georges, il revint sur la photo, l'air de dire elle est pas terrible. Non, dit Georges, sur cette photo-là, je dois avouer, mais sur l'autre. Il sortit la licence, l'imbécile : Regardez ça, dit-il. Ah parce que, y a aussi ça ?

Tenez, dit Georges, regardez. Bernard se pencha. Mouais, dit-il, si on veut. On dirait Hélène Boucher, dit Georges. Qui ça ? dit l'autre. Une aviatrice des années trente, Paris-Saïgon en solitaire, sept records mondiaux, un as de la voltige, mortellement blessée au cours d'un vol d'entraînement. Vous en connaissez un rayon. J'ai lu ça quand j'étais môme.

Laissez-moi votre adresse et votre téléphone, dit Bordeaux, pour le cas, il y a peut-être une récompense. Une récompense ? quelle récompense ? pensa Georges, comment voulez-vous qu'elle ? pourquoi voudrait-elle ? pourquoi viendrait-elle à penser ? comment pourrait-elle deviner tout ce que j'ai pensé ? le souci que je me suis fait ? que je continue de me faire, parce que, aussi longtemps qu'elle ne sera pas prévenue. A propos, vous allez la prévenir ? ce soir ? dès ce soir ?

Ce soir, c'est un peu tard, dit Bernard : Alors, c'est quoi votre nom ? Palet, dit Georges, Georges Palet : P-A-L-E-T. Palet, Palet, dit Bordeaux, attendez voir : ça me dit quelque chose. Vous ne seriez pas parent avec les Palet de. Non, dit Georges. Non ? ah bon. Enfin bref, inscrivons : PALET, Georges, votre adresse ? Il m'a reconnu, pensa Georges, je le vois à sa tête, ça va lui revenir, je le vois, ça le tracasse, il y pense, il va me remettre, c'est une question de minutes, de secondes peut-être, qu'est-ce que je fais ? je le tue ? Et votre téléphone ? c'est quoi, votre téléphone ?

# 7.

Ah, voilà ces messieurs-dames, bonjour messieurs-dames, je suis contente quand je vous vois, je me dis que je vais pouvoir commencer à ranger, pas besoin de regarder l'heure. Il était midi et demi, comme tous les samedis.

La voix, c'était celle de la charcutière, la grosse, gonflée de partout, une tête de truie, une bonbonne, une grosse cochonne, un gabarit digne de figurer parmi les danseuses de Fantasia, tu sais, Disney, le ballet des hippopotames en tutu, sur une musique de Tchaïkovsky, Casse-noisette, voilà, c'est ça.

L'autre, la patronne, non, tout le contraire, petite, mince, subtile, rusée, les cheveux courts teints, roux, des lunettes chic, un museau de renarde, elle mangeait une pomme en quartiers qu'elle piquait avec un petit couteau, je mange une pomme parce que j'ai soif, dit-elle, ça me rappelle quand je faisais mon régime, lui répond Suzanne. Ça y est, pensa Georges, on va pas en sortir.

Bon bah moi, je range mes étiquettes, dit la cochonne, tout en bleu ciel, un joli petit tablier, le groin rehaussé par des verres passés de mode qui revenaient à la mode, c'est dire, elle n'en savait rien, des Amor à fil invisible. C'est ça, range tes étiquettes, pensa Georges, pendant ce temps-là tu bavasses pas. Ça l'empêchait pas de bavasser. Elles s'y mettaient à trois, Suzanne adorait ça, ça la changeait des silences de Georges.

C'est extraordinaire, cette faculté qu'elle avait d'oublier, d'oublier quoi ? oh, tout ce qu'avec lui elle avait subi, et ça continuait, donc, le samedi, à partir de midi et demi, elle oubliait en bavassant avec les charcutières, mais pas seulement, avec les autres aussi, faut dire que le marché couvert du Petit Robinson c'est un îlot, un parc communal, une réserve protégée, un condensé bavard, une concentration de babillages, un zoo d'oiseaux, une longue volière vulgaire, on t'appelle ma poule, ma chérie, bref, même si comme Georges tu n'as pas envie de parler, t'es obligé.

Qu'est-ce que je vous sers ? dit la renarde. Du jambon, dit Suzanne. Combien de tranches ? dit la renarde. Ça exaspérait Georges à un point. Suzanne en prenait toujours cinq tranches très fines, mais elle commençait par dire : Du jambon, alors l'autre, régulièrement : Combien de tranches ? tu vois le truc ? Ça exaspérait Georges à un point. Même chose avec les autres. Au lieu de dire, par exemple : Donnez-moi une livre d'endives, elle disait simplement, assez mystérieusement d'ailleurs, comme quelqu'un qui rumine un sale coup : Des endives, alors l'autre aussi sec : Combien de kilos ? alors Suzanne, prenant son air affolé : Oh là là non, une livre. Ça exaspérait Georges à un point.

Et avec ceci ? dit la renarde anticipant, posant le jambon gros comme la cuisse de sa copine sur la machine, réglant la coupe, avant même d'avoir commencé à trancher, comme pour gagner du temps, elle qui adorait en perdre : Un rôti ? une petite palette ? j'ai des beaux lapins aujourd'hui. Oh non, non, pas aujourd'hui, dit Suzanne, demain les enfants viennent déjeuner, je vais leur faire un barbecue, fatiguée comme je suis. Raconte pas ta vie, lui souffla Georges.

Elle n'entendit pas. Dans ces cas-là, Suzanne n'entendait pas. Elle avait saisi le geste agacé de Georges mais fit celle qui refusait, l'air de dire : Laisse-moi vivre un peu, tu veux ? Ah bon ? vous êtes fatiguée ? ah bah moi aussi, j'ai mal aux jambes si vous saviez, dit la cochonne. La voilà qui s'en mêle, pensa Georges, on n'est pas partis.

Il posa le sac par terre, exaspéré, juste dans une mare alimentée en eau par un filet qui venait de chez la fleuriste, il tourna la tête, se mit à regarder la fleuriste. Une grande cruche brune pas nette, mal fagotée, ses fleurs lui ressemblaient, des couleurs tristes, pas fraîches, assoiffées, elle devait salement picoler, et sa fille, toujours là, après l'école, pour l'aider, à quoi faire ? y avait de quoi, personne n'achetait les fleurs de ce grand vase en caleçon noir, elle avait les cheveux gras, des verres fumés, personne, sauf peut-être sa copine, une blonde coiffée comme Corinne Marchand dans le temps, Cléo de 5 à 7, ça fait une paye, et quelques autres sans doute, mais toujours des gens tristes, pas nets, dont un vieux comédien, pas vieux, l'air vieux, presque devenu clodo.

Rien à voir avec l'autre fleuriste, pensa Georges, celui du bout là-bas, un jeune homme à moitié femme, ça plaisait à tout le monde, aimable comme tout, frais, propre, comme ses fleurs, entouré de couleurs franches, parfois douces, toujours violentes, lumineuses, éblouissantes, brutales comme la beauté, comme la splendeur de ses grands bouquets composés, l'humidité perlait comme la rosée, ça sentait bon, un vrai bonheur.

A propos de fleurs. Georges était très contrarié. Exaspéré parce que contrarié. Il n'avait pas réussi à joindre Marguerite Muir. Il n'avait pas pu la prévenir. Oui, il avait encore essayé. Bien qu'il eût porté le portefeuille aux flics, hier soir il essayait encore, Suzanne était rentrée.

Elle le remercia pour la pelouse. Georges répondit : S'il n'y a que ça pour te faire plaisir. Elle comprit tout de suite que Georges était contrarié. Elle savait ce que ça voulait dire. Quand Georges était contrarié, ça pouvait mal tourner. Ça commençait comme ça et puis. Oui.

Elle lui demanda ce qui n'allait pas. Ça avait le don de mettre Georges en rogne. Elle le savait, mais valait mieux le lui demander, plutôt que de le laisser comme ça, elle voyait bien qu'il s'enfonçait, et plus il s'enfonçait plus il devenait dangereux, au sens habituel, et ce soir-là, comme elle était spécialement crevée, ordinateur en panne, retards et tout le bordel, elle n'avait pas envie d'y passer. D'y passer ? Oui, oui, t'as très bien compris.

Donc, avant même qu'il réponde, elle lui dit : Au fait, ton histoire de portefeuille, tu es allé le porter ? Oui, mais je m'inquiète, dit Georges, j'aurais voulu la rassurer moi-même : Tu ne t'inquiéterais pas, toi, si tu avais perdu tous tes papiers ? Suzanne répondit : Bah si, en évitant de hausser les épaules ou d'esquisser le moindre geste susceptible de. Mais qu'est-ce que tu veux y faire ? c'est déjà bien que tu l'aies remis à la police, ça s'est bien passé ? Fallait pas dire ça. Elle aurait pas dû dire ça. C'était dit.

Pourquoi ? dit Georges. Comme ça, dit Suzanne, se disant : J'ai gaffé, pourvu qu'il. Elle regardait les yeux de Georges, mais Georges, curieusement, ne se mit pas en colère, il avait le cœur déjà trop occupé.

Ils vont la prévenir, dit Suzanne, t'inquiète donc pas. Oui, mais dans combien de temps ? dit Georges. Il se leva du fauteuil, se mit à tourner dans la pièce, comme une bête, celle dont on dit que la chaleur l'énerve, noire le plus souvent, le pelage fait miroir, on se voit dedans, on se regarde, marcher de long en large, il arpentait sa cage, il ne manquait plus que les barreaux, alors évidemment on peut dire qu'ils étaient dans sa tête, ça se laisse penser, c'est tellement facile.

Ça va prendre combien de temps ? lança-t-il, soudain s'immobilisant en regardant Suzanne comme si Suzanne. Elle pensa J'en sais rien. Moi, dit-il, se désignant, se frappant la poitrine du poing, je voulais la prévenir tout de suite, immédiatement, tu comprends ? est-ce que tu comprends ? Oui, dit Suzanne. Eh bien voilà un point d'acquis, dit-il. Il sembla se calmer. Le oui de Suzanne semblait suffire, lui suffire, ça l'autorisait à réfléchir dans le calme, elle l'autorisait à réfléchir, comme si elle eût dit : Je suis là, tu peux penser, je sais que tu penses mieux quand je suis là, tu détestes ça mais je sais que sans moi tu ne pourras pas y réfléchir.

C'est ridicule d'attendre, reprit-il, très calme. Eh bien, essaie encore, dit Suzanne. Elle le connaissait vraiment bien. Elle savait ce qu'il avait. Elle avait deviné, depuis longtemps. Elle attendait seulement d'en être sûre.

Ils dînèrent. Après dîner, Suzanne passa au salon, elle alluma la télévision. Georges fit la vaisselle. Après la vaisselle, il s'installa dans son bureau pour lire, soi-disant en attendant un film diffusé tard sur le canal Arte, Charulata de Ray, Satyajit, pas Nicholas. Dans l'attente feinte, fausse, du film, il rouvrit Tolstoï.

Peu à peu, bien que très préoccupé, il se laissa prendre par le texte. Il avait beau se battre pour conserver toute sa pensée au service de Marguerite Muir, il se laissait reprendre par le récit.

Il en était arrivé au moment où, pour la première fois, sur le quai de la gare de Saint-Pétersbourg, Vronskï voit Anna Karénine, en bas de la page de droite, juste avant de la tourner, une grande belle femme très élégante, discrète et brune, Marguerite Muir revint le tourmenter, lui disant essaie encore, elle le tutoyait, essaie encore, Georges, elle l'appelait Georges avec la voix fantôme d'une Ophélie ailée, elle murmurait je suis rentrée peut-être.

Georges referma le livre, un beau volume gris taupe, sombrement bleui sur tranche, deux jolis signets violets puis se leva, sortit de son bureau, traversa le couloir.

Dans le salon, la télévision était allumée, le son très bas, l'image endort mais le son gêne, Suzanne dormait. Georges la réveilla quand il passa près d'elle pour prendre le téléphone, le parquet craquait.

A qui tu téléphones ? dit-elle. C'est merveilleux le sommeil, elle se souvenait de rien. Elle avait les yeux virant au blanc d'une endormie qui ne sait plus où elle est, avec qui elle vit, heureuse en somme, qui pour un peu se serait écriée, Qui va là ? qu'est-ce que vous me voulez ?

A cette femme, dit Georges. Suzanne revenait à elle, à lui, plutôt à lui, à eux donc. A cette heure-ci ? dit-elle. Elle changea de position, se tournant, posa son profil droit contre le coussin du sofa. La couleur du coussin, un certain vert, était éclaircie par l'usure à l'endroit où Suzanne posait toujours sa tête.

# PHASE 3

## Après mise en route

- régime à 1 000 rpm,
- pompe coupée,
- pression d'huile éteinte,
- alternateur branché charge,
- radio branchée,
- chauffage à 1 000 rpm, 1 mn,
- chauffage à 1 500 rpm, 3 mn,
- température huile mini 28 °.

## 8.

Elle se préparait. Elle se séchait les cheveux. Ils étaient courts, ça allait vite. Le plus difficile était de les mettre en forme. Elle tenait à les mettre en forme. Elle perdait son temps. On perdait son temps à lui demander de ne pas les mettre en forme. On avait beau lui dire : Laisse-les mouillés, laisse-les sécher comme ça, fais-toi une raie sur le côté, ça te va mieux. Non, rien à faire.

Elle se maquillait les yeux. Elle avait toujours très bien su se maquiller les yeux, c'est assez rare chez une femme. Elle espérait que tout se passerait bien. Tout va bien se passer. Elle se le répétait en se maquillant : J'espère. Elle parlait à son image en train de se faire. Elle cherchait à refaire un visage dépassé, n'y croyait guère. Quand même, elle essayait, se disant oui, j'espère que ça va bien se passer, Georges et sa fille.

Ils s'adoraient. Et avec son fils ? Aussi. Quant aux petits. Il les aimait bien. Il avait du mal à les supporter mais, une fois de temps en temps, il pouvait bien faire un effort.

Elle étouffait. On étouffe dans cette salle de bains. L'eau trop chaude mauvaise pour le cœur, la vapeur qui colle à la sueur à tel point qu'il devient difficile de savoir ce qui nous fait suer, chaleur humide, étuve, bruit soufflant du séchoir, fournaise, chaleur sèche.

Elle ouvrit la porte. Pas de Georges en vue. Il ne supportait pas de la voir nue. Il nous ferait encore une crise, pensa-t-elle. J'en peux plus, moi, j'en peux plus. Elle entendait sa voix intime, toujours jeune, intacte, immuable comme son cœur, pas l'organe, en un sens immortelle, et elle se regardait.

Elle s'habilla. Bien sûr, il y avait le mari d'Elodie. Georges le trouvait gentil, même très gentil, il lui arrivait de le dire. Un chic type, oui, il m'a dit un jour c'est un chic type, oui, il a dit ça. Et crois-moi, a-t-il ajouté, ça ne court pas les rues. Mais avec lui, ce qu'il dit et ce qu'il pense. Je sais au fond ce qu'il pense. Moi aussi je le pense. Mais enfin, si elle est heureuse avec lui. Mais oui, elle est heureuse. Elle n'aurait pas fait deux enfants avec lui si elle était malheureuse avec lui. Encore qu'avec elle c'est difficile à dire. Elle est comme son père, on ne peut jamais savoir. D'ailleurs moi aussi avec Georges j'ai fait deux enfants. Ah, zut, je me suis mis du rimmel dans l'œil. Je vais avoir l'œil rouge tout l'après-midi. J'ai hâte d'être à ce soir.

Georges aussi, mais Georges, il avait toujours hâte d'être à ce soir, hâte de s'endormir, tout ça pour se réveiller, recommencer, prolonger, poursuivre, mais quoi ? rien, ce qui s'appelle rien.

Il agitait, pliée, une page du Monde devant le foyer. Il regardait la pelouse. Elle était bien tondue. Il avait soigné le parallélisme. Le fameux parallélisme. Un stade, eût-on dit. Un mini. A peu près le rapport ping-pong/tennis.

Le cerisier était malade. Le tronc comme un souffleur de verre gonflait des bulles de résine rouge. Le sureau par contre avait bien poussé. Et l'aralia ? Magnifique, le seul qui n'eût pas gelé. Et le petit frêne démarrait bien, mais un récent et puissant vent d'orage avait cassé deux branches du haut. Le fait de ne pouvoir le contempler quand il serait devenu un grand arbre chagrinait Georges. Je serai sûrement déjà mort, se disait-il en agitant la page du Monde. Tu n'as pas encore mis la viande ?

Sur un ton d'étonnement doublé de reproche, la question se répétant devançait Suzanne. Elle-même arrivait toute fraîche, pimpante, tambour battant, au pas de charge, énervée, anxieuse.

Elle avait mis son ensemble jupe-culotte. Elle le traînait depuis vingt ans. Chaque année elle disait ah, je vais le jeter, et puis non. Elle l'aimait bien. Il lui allait bien. Pas usé, les couleurs pas passées.

Georges fut ému de voir Suzanne bien maquillée. De l'avis de Suzanne, c'était plutôt raté. Mais non, c'était pas raté, puisque Georges était ému. C'est une façon de voir. D'autant plus ému qu'il voyait bien que c'était raté. Un léger ratage en beauté nous émeut davantage. L'échec complet bouleverse. Georges était bouleversé, lisant cette sorte de chagrin, cette peine de femme dans les yeux de Suzanne.

Comment tu me trouves ? dit-elle. Chaque jour repartir à la conquête inquiète de cet homme. Très bien, dit-il. Tu es sûr ? mon maquillage, ça va ? c'est pas trop ? Mais non, dit Georges, tu es très bien. Il l'embrassa sur le front. Ça provoqua, en lui. Tout remontait. C'est lui maintenant qui se sentait. Qu'est-ce que t'as à l'œil ? dit-il. C'est mon rimmel, alors ? tu n'as pas mis la viande ? et les enfants qui vont arriver. J'attends que ça prenne, dit Georges. Mets-la quand même.

Moi je veux bien, mais ça va pas cuire, dit Georges. Tant pis, écoute, tu as vu le petit frêne ? il sort des pousses, là où les branches ont cassé. J'ai vu, dit Georges, passe-moi la viande. Laisse, dit Suzanne, je vais m'en occuper, pendant ce temps-là tu n'as qu'à mettre la table.

Il installa le parasol en bois et toile écrue, du toc, une copie du en teck, mais pas mal, ça les changeait du Cinzano à franges.

L'installant, Georges se demanda s'il n'aurait pas mieux fait de l'installer après avoir mis le couvert, à cause de la tête qu'il avait haute et qu'il fallait baisser quand le parasol était installé.

Il était rectangulaire. La table aussi. Quand le soleil tombait à la verticale de la table, l'ombre du parasol couvrait exactement la surface de la table.

Le soleil avait tourné. Non, la Terre. Faut faire attention à ces choses-là. Surtout à ce qu'on dit. Mine de rien, elle tournait, sur elle-même, autour du soleil qui lui ne tournait pas, patiemment il attendait le doux moment de s'éteindre. Vivement ce soir, se disait-il lui aussi.

Quoi que je fasse, pensa Georges, même si je tourne le parasol, une partie de la table va être au soleil, ça va encore faire des histoires. Le vent fit tourner le parasol. Les places au soleil étaient maintenant à l'ombre : C'est plus juste, se dit-il, mais ça ne règle rien. Il voulait dire que ça n'était que justice.

Le couvert. Georges alla chercher à la cuisine un grand plateau, le chargea à mort d'assiettes, de verres, tout un tremblement qui tintait, pour ne pas revenir trop souvent.

Il oublia les serviettes, puis le sel, et le poivre, le moulin, puis le pain, même le vin, mais tant pis, il appréciait d'oublier toujours quelque chose, ça lui faisait le plus grand bien, il marchait, accomplissant comme ça de grands allers-retours, se demandant s'il n'oubliait rien, pendant ce temps-là il oubliait le reste, quel reste ? le reste, quoi par exemple ? chut, tais-toi, taisons-nous, laissons-le tranquille, un rien réveillait son mal.

Et voilà : Et-voi-là ! s'écria Suzanne, un cri de douleur morale : J'ai fait une tache sur ma jupe, je n'ai plus qu'à aller me changer. Ça se voit pas, dit Georges. Suzanne, excédée, n'avait pas envie de discuter. Surveille la cuisson, dit-elle, je vais me changer. C'est ça, dit Georges, change-toi. Ça y était, ça se réveillait, ça commençait toujours comme ça.

Ça chauffait trop fort. Tout à l'heure pas assez. Maintenant trop. La graisse fondait. Les saucisses percées coulaient. Les gouttes de graisse touchant les braises brûlaient. Il y avait des flammes. Ça carbonisait. Faut les retourner, pensait Georges. Incapable de décider. Remonter la grille, pensait Georges. Fallait pas les mettre sur la grille du bas. C'était prévisible. Ça cuit trop vite. Ça va être brûlé. Et les enfants qui n'arrivent pas. Ah, tant pis, je les retire. On mangera froid. Après tout, je m'en fous. Ah bah non, les voilà, alors, qu'est-ce que je fais ? je les laisse ? bah non, je les retire puisque les voilà, encore que, le temps de, pensa Georges, le temps qu'ils.

Le temps de ranger la voiture, de faire descendre les mômes, prendre les fleurs dans le coffre : Ouf, de l'air, soupirèrent les fleurs, j'ai le temps d'aller m'en jeter un petit. Il croisa Suzanne en robe fleurie. Les voilà, dit-elle. J'ai vu, dit Georges.

Il fonça dans la cuisine, écrasa le flacon à glaçons contre le bord d'évier, se versa un petit Paddy, un fond, un haut-fond, non, un bas, but, ça lui monta tout de suite à la tête, il eut soudain l'ironique envie de siffloter. Ah, et puis, pendant que j'y suis, je prépare un plateau d'apéro.

Georges avait la trouille de voir ses mômes. Il aurait voulu rester seul. L'envie de penser le reprenait. Son cœur s'endormait. Il s'attarda dans la cuisine. Il entendait la voix des autres, ça se rapprochait. Ne reste pas là, pensa-t-il, secoue-toi.

Il reprit le plateau, le chargea de bouteilles, de verres, ah oui, le bol à glace, vida le flacon de glaçons dans le bol isotherme, une sphère parfaite, bleu outremer, comme une Terre entièrement couverte de mer, avec un seul pôle plat pour la poser sur le plateau, afin qu'elle ne roule pas, le pôle sud, sur elle-même, ne tourne pas, puis il vida son verre.

Je suis affreusement ivre, se dit-il. Il voulut saisir le plateau : Oh là là. C'était lourd, mal équilibré. Mais non, c'est moi, songea-t-il, qui suis lourd, déséquilibré.

En sortant, il se heurta au mari d'Elodie. Ça va, beau-père ? lui dit le mari. Le gendre avait prononcé ça, énoncé ça, beau-père, comme s'il n'y eût pas eu de trait d'union, Georges était comme certains mammifères de haute mer, il entendait finement les nuances. Ça va, ça va, dit-il, vous m'accompagnez ?

Tous deux s'en furent. Ils allaient côte à côte, Georges avec son plateau, genre serveur un peu ivre, le gendre en petite foulée lente, presque réduite à l'immobilité, mobile tout de même, sautant de droite et de gauche, changeant de pied, hop, hop, rotation du tronc, lançant ses petits poings dans le vide, un vrai vide, même pas hanté par une gueule à cogner, en survêtement blanc, bouffant sur baskets vertes.

Ça va, la boxe ? dit Georges, hoquetant le mot boxe comme s'il eût pris un direct en pleine poire, ça devait s'entendre, l'autre aurait dû, bah non, faut croire que non. Je prépare mon championnat, dit Jean-Mi. Ah bon ? dit Georges : Tenez, aidez-moi à poser le plateau : Vous buvez quelque chose ?

On pourrait se tutoyer, depuis le temps, dit Jean-Mi. Je préfère pas, dit Georges, si ça vous gêne pas, ça vous gêne ? Oh non, non, dit Jean-Mi, je disais ça comme ça. Se tutoyer pour se dire quoi ? reprit Georges. Il regardait le Jean-Mi avec des yeux, un air, fallait voir. Non mais c'est vrai, dit-il, pour se dire quoi ? on est très bien comme ça, non ? vous ne trouvez pas ? allez, buvez quelque chose avec moi.

Vous parliez de quoi ? dit Suzanne. Elle arrivait, sa petite-fille sur le bras. Elle était déjà très belle, cette petite, elle rappelait à Georges une fillette qu'il adorait quand il était petit, ça se passait à la campagne, elle la lui rappelait comme par une tradition d'amours plus que lointaines, comme quelque chose que lui-même aurait transmis, par le cœur, la pensée, à sa propre fille, laquelle se serait empressée de lui offrir la même petite, le même amour, le très jeune amour de campagne avait donc franchi un grand nombre d'années et reparaissait là, dans les bras de Suzanne.

Et puis Suzanne avait dit ça, vous parliez de quoi ? en imitant la voix de l'enfant, ses accents, sa manière, l'inévitable zozotement, la langue qui se prend dans le trou des dents qui manquent, bref le charme d'un enfant fille, que Georges et Jean-Mi regardaient, étonnés qu'elle se taise, elle souriait, élégamment timide, elle comprenait que sa grand-mère essayait de faire un numéro de ventriloquie, semblait même, par courtoisie, se retenir de lui dire, mais non Mamy, c'est pas comme ça, les ventriloques, ça bouge pas les lèvres, ça parle mais ça a l'air de ne rien dire, pensa Georges.

Elodie attendait derrière elles. Le garçon lui tenait la main. Je disais à ton père, dit Jean-Mi, que j'aimerais bien qu'on se tutoie mais lui non, il veut pas. Mon père il est comme ça, répondit Elodie. Elle accompagna sa réponse d'un mouvement très altier de la tête, puis se débarrassa de la main du petit, qui du coup resta seul, aussi seul qu'on peut l'être. N'est-ce pas, papa ? cette façon qu'elle eut de dire n'est-ce pas, puis, lentement s'approchant, elle se serra contre lui.

Georges la serra aussi, il n'avait pas peur, il la serrait au point d'en être un peu, un peu quoi, ému ? non. Troublé, elle était si maigre, il aurait pu, il avait envie, la serrer jusqu'à ce qu'elle disparaisse entièrement à l'intérieur de lui, comme si, la pressant, il eût dit : J'entends bien que tu me reviennes, elle sentait bon, il murmura seulement tout près de son oreille : Alors, ma fille ? ça va ? t'es heureuse ? dis-moi. Mais oui, papa, t'inquiète pas.

Georges ensuite embrassa les petits, le charme-fille, la solitude-garçon, le petit aussi était magnifique, son regard en disait déjà long, il faisait de la boxe avec son père, dressé pour donner des coups avant même, enfin bon, on s'impatiente, passons.

Oh là là, les saucisses. Georges, les saucisses. Quoi ? les saucisses, quoi ? dit-il. Bah oui, dit Suzanne, tu vois pas que ça brûle ? fallait les retirer. Fallait, fallait, dit Georges, je voulais et puis.

Elodie : Marcelin ne devait pas venir ?

Suzanne : Bah si, on l'attend.

Georges : Non, on va pas l'attendre.

Elodie : Il va pas tarder.

Suzanne : Oh, tu sais, avec lui.

Ils sont passés à table. Georges, Suzanne, les petits, étaient assis à l'ombre. Jean-Mi au soleil. Elodie aussi : Non, ça me gêne pas, j'ai mes lunettes, ça ne t'ennuie pas que je mette mes lunettes ? Mais non.

Georges, durant tout le repas, ne vit pas les yeux de sa fille. Pour tout regard il n'eut en face de lui que celui du mari.

Jean-Mi lui raconta des histoires de boxe. Georges lui répondait par des films sur la boxe. Il y en a de fameux, disait-il, tous plus tragiques les uns que les autres. Mais rien n'y faisait. Vous devriez venir à la salle un de ces jours, si ça vous intéresse. Il lui proposa des places pour un combat, si ça vous intéresse. Georges désespérait de lui faire comprendre que ça ne l'intéressait pas. Oui, peut-être, je ne sais pas. Non, vous savez, moi.

Ils mangeaient, buvaient. Il faisait beau. C'est agréable d'avoir un jardin. Oui. On peut manger dehors, quand il fait beau. Oui. Bien sûr, y a l'entretien. Oui. Faut arroser, tondre. Bah oui. Les petits ne mangeaient rien. C'est la chaleur. Sûrement. Un peu de tomate grillée. Non ? De la glace : Ah oui, ça, tu aimes ça, hein, ma petite chérie. Moi aussi j'en veux, Mamy.

Marcelin est arrivé une heure après sur

sa moto, s'il avait pu il serait rentré avec en faisant une roue d'honneur, saccageant les fleurs, labourant le gazon à grands dérapages de crampons, renversant la table, emportant la nappe, la tirant derrière lui comme un drapeau qu'on arrache à l'ennemi, l'ennemi étant ce dimanche à abattre, bref tout ce que Georges eût aimé faire.

Il embrassa surtout sa sœur, plaisanta brièvement, ironico-cynique. Suzanne lui avait gardé une assiette bien pleine, une grosse part. Il a tout bouffé sans rien dire. Il avait hâte de se rebarrer. Il venait surtout pour voir sa sœur. Pour lui, elle ôta ses lunettes. Ils se sont regardés, l'air de bien s'entendre, l'air de dire à sa sœur, qu'est-ce que t'attends pour te barrer ? L'après-midi passa comme ça.

En fin de journée, il faisait bon, le soleil était caché derrière le cerisier, les petits jouaient au ballon, Suzanne apportait du thé, le téléphone a sonné, là-bas, au fond, dans la maison.

Bouge pas, j'y vais, dit Marcelin. Il déplia

son corps de rocker puis à grands pas se dirigea vers la maison, les cheveux pas coupés depuis deux ans, attachés en queue de cheval.

S'il avait couru, un petit peu, trottiné, le téléphone sonnait, cette queue de cheveux aurait sautillé dans son dos, s'il avait eu besoin de courir, par exemple comme, le téléphone sonnait, s'il avait eu besoin d'argent, par exemple pour, par exemple comme, le téléphone sonnait, oui, mais non, c'était pas lui, il aurait offert le sac à sa mère, il entra dans la maison.

Qui veut du thé ? Je veux bien, dit Georges. Moi aussi, dit Elodie. Le garçon tapait dans le ballon. La fille, avec ses petites jambes, le loupait à chaque fois. Son frère éclatait de rire. Il avait un short blanc. La petite, une robe bleu ciel et blanche en nids d'abeille. Les chaussures du dimanche. Des jambes d'enfants. Non merci, dit Jean-Mi. Georges ajouta du lait. Le thé, c'était du Earl Grey. Marcelin revint.

C'est pour toi, dit-il, ricanant, à son père. Pour moi ? dit Georges. Le cœur de Georges. Oui, pour toi. Qui est-ce ? Je ne sais pas, une dame. Elle n'a pas dit son nom ? Non. Qu'est-ce qu'elle a dit ? Qu'elle désirait parler à monsieur Palet, à monsieur Georges Palet, c'est bien toi ? Fallait pas dire ça. Il aurait pas dû. Bien sûr que c'est moi, imbécile, si tu t'appelles Marcelin Palet c'est parce que moi je m'appelle Georges Palet. Pas de quoi être fier, dit Marcelin. Georges, heureusement, n'entendit pas, il se levait.

Marcha vers la maison. Il aurait voulu courir, ralentissait exprès. Il allait donc lentement, le cœur serré, il étouffait.

Elodie demanda : Qu'est-ce qu'il a, papa ? Il a, il a, j'en sais rien, moi, dit Suzanne, qu'est-ce que tu veux qu'il ait ? Il devrait faire du sport, dit Jean-Mi. Elodie le regarda, l'air de lui dire, je préférerais que tu la fermes, va plutôt jouer avec les mômes.

Georges entrait. La maison était vide. L'impression du genre enfin seul. Il fait frais, les oreilles bourdonnent, abruties de soleil, de chaleur, de paroles, il entra dans le salon, attrapa le téléphone, décroché l'appareil l'attendait sur le dos. Allô.

Oui, dit la voix, une très belle voix, une de ces voix, on aimerait s'en contenter, en rester là, à la voix, seulement la voix.

Je vous écoute, dit Georges, parlez.

Eh bien voilà, je vous appelle parce que. Parce que quoi ? Pour vous remercier. De quoi ? Elle sembla hésiter. Attendez, je ne comprends pas, vous n'êtes pas le monsieur qui a retrouvé mon portefeuille ? Si, dit Georges. Bon eh bien voilà, je voulais vous remercier. C'est tout ? Quoi d'autre ? Je ne sais pas, vous pourriez. Je pourrais quoi ? Je ne sais pas, avoir envie de me rencontrer. Pour quoi faire ? je n'en vois pas la nécessité. Ça m'étonne pas. Comment ? Je dis ça m'étonne pas. Ecoutez. Non, je n'écoute pas, vous me décevez beaucoup. C'est elle qui raccrocha.

## 9.

C'est en passant devant les tennis que Georges se rendit compte qu'il était peut-être en train de faire une bêtise, quelque chose de pas bien.

Pourquoi les tennis ? Parce que les tennis étaient un repère de taille, de la taille de quatre courts figurés sur le plan par une zone blanche à peu près carrée.

Avant de repérer les tennis, il pouvait continuer à se perdre, ou plutôt continuer de penser qu'il était perdu, ou sans but, roulant au hasard, ou bien ayant finalement renoncé, d'où l'intérêt de se perdre, ça donne le temps de penser.

Dès qu'il aperçut les grillages verts, d'une hauteur prévue pour éviter que les balles ne s'égarent, des filets bistres, une chaise vide d'arbitre, ces lignes blanches contrastant joliment avec le rouge battu de la terre, un rapport spécialement coupant, cinglant, hypnotique, aveuglant, du rouge et du blanc, un rouge brique, un blanc dur, il commença de se rendre compte, se vit faisant ce qu'il faisait, se demanda qu'est-ce que tu fais ?

D'après le plan, il suffisait de continuer tout droit pour apercevoir l'église. Je veux juste voir où elle habite, pensa-t-il, sans croire une seconde à ce qu'il pensait, mais peu importe, il avançait, les choses étaient en marche, il le savait, il savait quelles choses, il y pensait.

Il déboucha face à l'église. La façade était rose, le portail violet fixe, les feuillages derrière verts. Assez émouvante dans le soleil du matin, surtout comme ça, sans personne pour te déranger, seul au milieu de la matinée, à cette heure-ci plus qu'à toute autre il ressentait plus nettement son désœuvrement, c'était l'heure où il se disait je suis vraiment un bon à rien, non, rien n'est pire que le matin à dix heures, et il était dix heures, en lisière du parc.

Georges se rangea, descendit de voiture. Il regardait autour de lui en respirant l'air frais. Il faisait doux, c'était l'été depuis quelques jours. Au fond, pensa-t-il, j'ai de la chance, l'été commence, je respire, et, respirant calmement en pensant qu'il avait de la chance, il regardait le Café de la Paix, et le store baissé le considérait, si on peut dire, l'air de le prévenir, de vouloir le prévenir, comme s'il eût dit mon gars, tel que je te vois là, tu vas faire une connerie, viens donc t'asseoir à ma terrasse, viens boire un verre, tu réfléchiras, tu y verras plus clair.

Il demanda un Martini, tout surpris d'avoir commandé ça. Ça lui était venu comme ça, il n'aimait plus du tout ça. Il en commanda deux autres, puis, suffisamment ivre, il sortit du café, se disant, normalement, d'après le plan, si je prends à droite et encore à droite, je devrais tomber dans la rue des Ecoles.

En effet.

Une rue calme. La chaussée était encore pavée. Sûrement les pavés d'origine. Ou d'autres, qui se voulaient les mêmes. Il suffit de penser que ce sont les mêmes, parce que sinon. Mais non, c'était la même chaussée avec les mêmes pavés. Oui, comme le bateau de Thésée, une rue protégée, même si les voitures font davantage de bruit en roulant sur les pavés.

Il ne passait pas de voitures, quelques-unes garées, les rues voisines étaient piétonnes. Georges avançait sur le trottoir impair pour plus facilement lire le progrès des numéros pairs, ainsi jusqu'au numéro huit.

Une vieille maison à deux étages, entre les jardins de deux propriétés. A gauche, celle des notaires associés. A droite, celle de l'audioprothésiste. Georges se demanda ce que c'était que ça et, se le demandant, ne retenant que le mot prothésiste, il se souvint d'un vieux copain qui travaillait dans la prothèse dentaire, puis traversa la rue.

Il s'arrêta, la regardant, poussa la porte cochère, pénétra sous la voûte.

Le fond de la cour, elle aussi pavée, comportait sous la lumière des taches de verts, probablement des plantes ou petits arbres qui s'écartaient du blanc propre des murs et regardaient le ciel en s'étirant avec une lenteur déplorable.

Georges s'était dit. Si je trouve sa maison, je chercherai sa boîte. Si je trouve sa boîte, j'y jetterai ma lettre. La vérité est qu'il venait pour ça.

Il chercha les boîtes, les trouva. Chercha celle de Marguerite Muir, y jeta sa lettre, il voulait s'excuser. Il voulait dire à cette femme combien il avait honte à propos du téléphone, de sa conduite au téléphone. Tellement honte qu'il en était tombé malade, un dimanche, soulignait-il, Suzanne avait dû faire venir un docteur du dimanche, au tarif du dimanche, un jeune type blond très sympathique, incroyablement grand, un remplaçant qui dut se baisser pour passer sous la porte puis il administra par voie veineuse à Georges une dose massive de calme.

En ressortant du numéro huit, Georges était tranquille. Il marchait dans la rue des Ecoles. Soudain il s'arrêta. Pris de remords, il relisait sa lettre. Il se souvenait du moindre mot. Rien d'étonnant. Les lettres qui comptent, et celle-ci comptait, écrites pour et à quelqu'un qui compte, et Marguerite Muir pour Georges déjà comptait, on s'en souvient des années après.

Non, pensa-t-il, je ne peux pas lui dire ça, c'est pas possible, elle ne doit pas lire ça, je ne veux pas. Il revint sur ses pas. Singulière impression de rembobiner le temps, d'aller de l'avant machine arrière. Il refranchit la porte cochère comme l'encadrement d'un tableau qu'on ouvrait dans l'Histoire pour faire entrer carrosses ou calèches d'où descendaient des femmes secrètes en gris, puis courut jusqu'aux boîtes à lettres.

Là, il voulut introduire quatre doigts dans la fente, y parvint finalement, mais il n'arrivait pas à saisir son enveloppe, rien d'étonnant, elle n'était plus à lui, les mots écrits à l'autre, une fois écrits, sont à l'autre.

Georges n'était pas de cet avis. Pour lui, les mots ne seraient à Muir qu'une fois lus, il ne voulait plus, il tira sur la boîte, sur la porte, de toutes ses forces, la secoua, pour ensuite taper dessus. Mais enfin, qu'est-ce que vous faites ? Il entendit ça derrière lui. Il se retourna.

La vieille semblait très en colère. Le visage était lisse, blanc, pas de sang, comme si les traits n'eussent plus été capables d'exprimer quoi que ce soit, mais les yeux, eux, étaient très en colère, bleus, très clairs, si clairs que même non en colère ils devaient paraître en colère, comme des yeux d'aigle, voilà, c'est ça, même si les aigles n'ont pas les yeux clairs, mais les aigles sont toujours en colère, ça leur fait des yeux clairs, un regard furieux, cette vieille regardait Georges avec des yeux furieux.

Vous allez tout casser, mon garçon,

Georges eût pu être son fils, c'est dire l'âge qu'elle avait. En voilà des manières. Qui êtes-vous, d'abord ? que faites-vous ici ? je ne vous connais pas. Je ne suis jamais venu, dit Georges, c'est la première fois, et puis. Et puis quoi ? Et puis je n'ai jamais fait ça, mais là, il faut absolument que je récupère ma lettre, vous pouvez m'aider ?

Le regard adouci, la dame dit : Mon pauvre ami, quand bien même le voudrais-je, je ne peux pas, puis : C'est si grave que ça ? l'air de dire si vous aviez mon âge, à quoi Georges eût répondu : Mais, chère madame, pour ça, il n'y a pas d'âge.

Grave, grave, répondit-il, non, qu'est-ce qui est grave ? non, c'est pas grave, mais j'aimerais autant qu'elle ne la lise pas. C'est grave, donc, dit la dame. Vous la connaissez ? dit Georges. De vue, dit la dame. Comment est-elle, je veux dire en vrai ? Pas de réponse, juste une moue et des sourcils levés, le style chacun ses goûts ou bien moi vous savez.

Vous ne lui parlez jamais ? dit Georges.

Bonjour bonsoir, dit la dame. Si vous la voyez, pourriez-vous lui dire. Il n'alla pas plus loin, la phrase commençait mal, il y a des phrases comme ça, on le sent tout de suite, on se dit celle-là, j'irai pas au bout. Il imagina quand même la scène. C'était simple. La dame, dans l'entrée, sur le point de sortir, croisait Marguerite Muir, elle-même venant du dehors, cherchant ses clefs pour prendre son courrier.

La dame : Il y a une lettre pour vous, d'un monsieur.

Muir : Quel monsieur ?

La dame : Il n'a pas dit son nom.

Muir : Ah bon.

La dame : Non, il a seulement dit qu'il vous interdisait de la lire.

Muir : Ah tiens, et pourquoi ?

La dame : Je ne sais pas, donnez-la-moi.

Muir : Vous voulez rire.

La dame : Je dois la déchirer.

Muir : Elle est à moi. Elle n'ajouta pas : Maintenant, mais elle le pensa.

## 10.

Elle la lut, n'en est pas morte, on n'en meurt pas, pas de ça, lire n'a jamais tué personne, au contraire, ça aide à vivre, elle a répondu.

Elle répondit très gentiment, disant à Georges, en deux mots, trois lignes, un quart de page d'une écriture minuscule mais lisible, précise, ordonnée, des pattes de mouche, alors que celle de Georges, prétendument féminine, maniérée, toujours à interpréter, qu'elle considérait l'incident clos, il arrive à tout le monde de se tromper, c'est notre lot que de se faire des idées, c'est ce que ça voulait dire, c'était dit autrement mais en gros c'était ça.

Ça ne découragea pas Georges. Il en fallait

un peu plus à un homme comme celui-là, on peut même dire, sans trop s'aventurer, que rien n'eût pu le décourager, ce qu'il faut bien appeler la folie amoureuse est indécourageable.

Il continua de lui écrire, lui racontant sa vie, ce qu'il croyait être sa vie, les mystères de l'autobio, il finissait par y croire, non, il ne finissait pas, il y croyait, il écrivait donc il y croyait, on ne peut écrire que si on y croit, on finit même par ne plus croire que ça, parce que ça, c'est du solide.

Ce qu'il appelait sa grande solitude, sa maladie originale, son enfance, tant qu'à faire, pendant que j'y suis, sa mère qui pissait devant lui, je ne sais pas si je vous l'ai déjà dit, si, il l'avait déjà dit, il avait déjà parlé de son ancienne passion pour l'aviation, il partageait ça avec son père, comme si on pouvait partager, même avec son père ? surtout avec son père, le sien était particulier, il ne partageait rien, faut dire qu'il n'avait rien, il rêvait d'être pilote, il avait atterri mécanomoto, les motos ne volent pas, elle le lisait mais ne répondait pas.

Un soir, il réussit à la surprendre au téléphone. Elle avait oublié de brancher le répondeur. La bande était pleine des messages de Georges. Il appelait tous les soirs. Elle n'était jamais là, c'était toujours le répondeur qui répondait, les répondeurs sont faits pour ça.

Ce soir-là elle était là, son oubli fit qu'elle était là, en personne. Elle lui dit : Je suis bien contente de vous avoir. Ça commençait bien. Ça continua mal. Elle ajouta : Parce que. Georges, d'abord frappé par le verbe avoir : m'avoir, m'avoir, pensa-t-il, m'a-t-elle ? suis-je à elle ? que veut-elle dire ? Parce que quoi ? dit-il.

Elle lui demanda, toujours gentiment mais plus nettement, il y avait en effet dans cette netteté une certaine fermeté, une gentillesse menaçant de se changer en cruauté à tout moment, elle le pria de ne plus écrire, de la laisser tranquille, s'il vous plaît, laissez-moi tranquille, pas foutez-moi la paix, mais.

Georges répondit non : Non, non, écoutez, non, c'est pas possible d'être comme ça, est-ce que je suis tranquille, moi ? je ne le suis plus depuis que je vous connais, enfin, je veux dire. Oui, Georges, qu'est-ce que tu veux dire ? Il le dit : Je ne comprends pas que vous refusiez de me voir, je ne vais pas vous manger, il allait dire tuer, in extremis il remplaça le verbe tuer par le verbe manger, inutilement d'ailleurs, puisque pour manger, quoi que vous mangiez, il faut tuer. Marguerite Muir l'entendit bien comme ça. A ce moment-là elle commença à avoir peur.

Peur ? Peut-être pas. Pas encore. Il en fallait un peu plus à une femme comme celle-là, aussi douée pour la voltige, le cœur bien accroché, on appelle ça aussi l'acrobatie, on ne regarde pas l'horizon qui sans cesse se renverse si on n'a pas le cœur bien accroché, oh, bien sûr, on ne manie pas un homme comme un avion, surtout quand cet homme essaie de vous manier, mais bon, disons qu'elle n'était plus tranquille, elle avait raison.

Un matin, oh, rien de grave, rien de beaucoup plus grave, si ce n'est par accumulation, il était huit heures et quart passées, presque vingt, non, il était vingt-cinq, même passées, non, il était vingt-cinq, admettons, entre vingt et trente, pour ce que ça change.

L'aviation ne la faisait pas vivre, pas au sens ordinaire, ne la nourrissait pas, ne la logeait pas, ne l'habillait pas, etc., ne la chaussait pas, à propos elle était retournée à Paris, elle avait ces chaussures-là ce matin-là, elle trouva sa voiture complètement à plat.

Elle faisait ça pour son plaisir, aussi pour le plaisir des autres, avec eux à son bord elle survolait la campagne le dimanche, elle allait partir au travail, les quatre pneus crevés.

Un mot de Georges sur le pare-brise lui disait des choses alarmantes, je voulais vous empêcher de partir, des choses comme ça, on ne s'improvise pas persécuteur, disait-il, des choses comme ça, je voulais vous retarder, vous parler, ça encore, ça pouvait aller, je n'ai rien trouvé de mieux, oui, je sais, c'est une méthode de petit délinquant, ça continuait, mais vous savez, je ne suis pas si mauvais, quand je me suis rendu compte de ce que j'avais fait, j'ai eu peur, j'ai voulu me sauver, c'est d'ailleurs ce que je vais faire, mais, avant, je veux que vous sachiez que c'est moi qui vous ai crevée, des choses comme ça, il avait rayé le mot crevée, insuffisamment, comme exprès, c'était encore lisible, ou pas exprès, ça arrive quand on raye, le mot continue à vivre, il agit encore quand on se relit, il s'était relu, il avait remplacé le qui vous ai crevée par un qui vous ai fait ça.

A partir de là, outre le fait qu'il lui fallut trouver un dépanneur, parce qu'une roue à changer, ça va encore, mais quatre, elle ne se sentit plus du tout tranquille. Disons-le, elle avait peur, elle se demanda ce qu'elle devait faire.

Elle y réfléchissait encore quand le dépanneur est arrivé, un type brun à moustache en blouse blanche avec des traces brunâtres, sortant d'un break 405 assistance. Il ne pouvait rien faire pour elle. Une heure d'attente pour s'entendre dire ça. Les mains ouvertes du gars au bout de ses bras ballants contresignaient son impuissance. La secrétaire avait mal compris. Marguerite Muir n'était pas seulement crevée, elle était quatre fois crevée, il fallait remorquer la Volvo, une petite, une vieille, ou plutôt faire venir un plateau.

Elle continuait d'y réfléchir au garage en attendant qu'on lui rende sa voiture. Elle patientait dans un salon du hall d'exposition. On lui avait mis la télévision. Un garçon pas mal, un jeune vendeur. L'imbécile lui faisait du gringue au lieu de lui fourguer une voiture neuve.

Ça lui coûta la bagatelle de quatre pneus, plus le montage, plus le déplacement de la dépanneuse, plus le remorquage, faites le compte. Les pneus étaient lardés de coups de lame. Georges tenait à ce que la chose ne fût pas réparable. Mais tout est réparable, la preuve.

Quand elle reprit le volant, l'immense verrière de l'atelier filtrait un soleil qui perçant la fumée semblait descendre puis se poser dans une clairière sonore encombrée de capots levés. Un mécanicien la regardait. Il s'essuyait les mains. Il avait terminé. Il allait partir en essai, se disant j'aimerais bien faire un tour avec elle. Elle avait pris sa décision. Elle allait prévenir la police.

# PHASE 4

## Vérification cabine avant roulage

– pilote seul, boucle AV droite fixée,
– anti-collision branché,
– jauge à essence (autonomie),
– roulage, contact tour, 118.65,
– conservateur au cap magnétique.

# 11.

Marguerite Muir ne voulait pas de mal à Georges Palet. Elle ne voulait pas qu'il ait des ennuis graves. Elle ne voulait même pas porter plainte, elle trouvait ça mesquin, pas bien, lâche, traître, genre coup en douce, en dessous, dans le dos, en vache, une putasserie de pilote de chasse, il profite du soleil, des nuages, tu le crois toujours devant, il est derrière, il te canarde, bandit derrière toi, Joe, attention, décroche, nom de dieu, décroche, trop tard, il envoie la purée, le cockpit vole en éclats, son moulin est en flammes, projections d'huile, visage brûlé, il n'aura pas le temps de sauter, le zinc explose, son copain, les yeux pleins de larmes, va régler son compte au Zéro, un chasseur japonais à moteur en étoile.

Non, ce qu'elle voulait, c'est que la police parle à Georges Palet, elle ne s'est donc pas adressée à n'importe qui. Elle fit appel à l'agent Bernard de Bordeaux, un brave type, celui qui lui avait téléphoné pour la prévenir. Nous l'avons retrouvé, nous le tenons à votre disposition, de huit à douze et de quatorze à dix-sept heures. Elle était tellement contente, elle avait dit j'arrive.

Oui, celui-là même qu'elle avait rencontré. Elle lui avait parlé quand elle était venue chercher son portefeuille. Elle avait pu juger de sa gentillesse. Elle avait apprécié, tout en se disant, il est aimable parce que je suis une femme, il a une façon de me regarder. Elle ne se trompait qu'à moitié. En effet il était sous le charme, un charme je le rappelle très particulier, mais il était gentil avec tout le monde.

Je suis la personne, vous m'avez téléphoné. Je viens chercher mon portefeuille, mais peut-être n'est-ce pas vous que j'ai eu au téléphone. Si, si, c'est moi, dit Bordeaux. Vous l'avez, alors ? dit Muir. Bordeaux lui demanda : Où l'avez vous perdu ?

Mais je ne l'ai pas perdu, dit Muir, on me l'a volé dans la rue, on m'a arraché mon sac, vous avez aussi mon sac ? Hélas, dit Bernard. Elle le regardait franchement. Lui, il n'osait plus. Au début, il croyait pouvoir, mais quand elle a levé les yeux sur lui il a compris. Ni dédain ni mépris, mais quand même, quelque chose dans le regard, un truc difficile à combattre, à comprendre plutôt, non, c'est le contraire, c'est elle qui avait l'air de vous comprendre, je m'explique : quand elle vous regardait, elle avait l'air de savoir quelque chose, de vous, sur vous, elle ne disait rien mais elle semblait vous dire je sais, pas je sais tout mais tout comme, ou plutôt si, elle semblait savoir tout.

Où l'avez-vous retrouvé ? Je ne connais pas, je ne comprends pas, c'est tellement loin de chez moi. L'individu a vidé votre sac. Cette façon de dire l'individu. Il n'a rien trouvé. Il s'est débarrassé du sac. Il a pris l'autobus.

Pourquoi l'autobus ? Il a vidé le portefeuille. Il a trouvé l'argent. Au fait, dit Bordeaux, il y avait de l'argent ? Trois billets de cinq cents. Il a jeté le portefeuille dans le parking. Quel parking ? Du supermarché. Quel supermarché ? Ah oui, je vois où c'est. Il a probablement tout dépensé en cassettes et en CD. Oui, c'est possible, dit Muir.

Puis elle voulut savoir qui avait retrouvé son portefeuille. Bernard le lui apprit. Elle souhaitait remercier ce monsieur. Bordeaux, naturellement, lui communiqua les coordonnées de Georges, et les coordonnées, comme une pièce d'identité, c'est en somme déjà quelqu'un, elle voulut savoir, également, comment était Georges, enfin, quel genre, simple curiosité, s'il était jeune, vieux, enfin vous voyez, simple curiosité, répéta-t-elle, comme s'excusant. Mais je vous en prie, dit Bernard, c'est bien normal.

Il utilisa encore le mot individu. Un individu d'environ soixante ans, grand, plus d'un mètre quatre-vingts, très mince, les cheveux presque blancs, avec des yeux, attendez voir, plutôt clairs, oui, même très clairs, des bons yeux mais bizarres, une figure très marquée, à mon avis quelque chose l'a sûrement démoli, peut-être une maladie, ou alors une tuile, mais alors la grosse tuile, enfin bref, un type bizarre, ça, je dois dire, il m'a tenu des propos, je comprenais rien, mais enfin, l'important, hein ? J'allais le dire, dit Muir. Bon bah voilà, dit Bordeaux, vous signez ici, et puis à l'avenir.

Dehors, devant le commissariat, au soleil, les cheveux dans le vent, le visage tendu au-dessus du toit de sa voiture, la main sur la poignée de la portière, les doigts prêts à actionner le mécanisme d'ouverture, alors qu'elle regardait sans s'y intéresser le monument aux morts, elle se demanda ce que l'agent Bernard de Bordeaux avait voulu dire avec son Et puis à l'avenir.

Elle le rappela. C'est Marguerite Muir à l'appareil. Elle appelait de son cabinet. Je ne sais pas si vous vous souvenez de moi. Il se souvenait d'elle. Je suis venue vous voir à propos d'un. Il se souvenait très bien. Vous avez bonne mémoire. Oui, enfin. Qu'est-ce qui vous arrive ? on vous a encore attaquée ?

Non, pas exactement. Enfin si, justement. C'est de ça que je voudrais vous parler. Qu'est-ce qui se passe ? Rien de très grave, mais quand même, ça m'inquiète, ça prend des proportions, alors j'ai pensé que peut-être. Ça raccrocha.

Elle rappela. Pardon, dit Bernard, c'est moi, je tripotais les boutons. Vous disiez ? qu'est-ce qui prend des proportions ? Je pourrais passer vous voir ? dit Muir. Mais oui, bien sûr, mais dites-moi ce qui se passe.

Il se passe que ce type, enfin, cet homme, ce monsieur, vous savez, le monsieur qui a trouvé mon portefeuille. Oui, dit Bordeaux, je m'en souviens, eh bien ? Ah, je suis très embêtée. Pourquoi ? dit Bordeaux, il exige une récompense ? En quelque sorte, oui. Comment ça, en quelque sorte ? Marguerite faillit raccrocher. Curieusement, elle avait le sentiment de trahir Georges.

Mais fallait le faire, fallait le trahir, parce que sinon ça risquait de mal finir. Ça allait mal finir de toute façon, mais bon. Comment ça en quelque sorte ? dit l'autre, il vous a fait des, comment dire ? des propositions malhonnêtes ? Non, non. Il vous menace ? Non, enfin si, enfin non, ah, vous m'emmerdez. Comment ? Il exige de me voir. Et alors ? Il veut me connaître. C'est tout ? Il insiste, il m'écrit. Elle le dénonçait. Il va se calmer, dit Bordeaux. J'ai bien peur que non. Hier matin. Elle s'arrêta. Quoi, hier matin ? Elle pouvait encore se taire. C'était son affaire, après tout. Elle pouvait garder ça pour elle. Et plus elle avançait, plus elle avait envie de le garder. Elle parla cependant : Il est venu jusque dans ma rue. Comme si parler, en parler, continuer d'en parler, donnait à Georges un peu plus de, de quoi ? lui conférait, quoi ? je ne sais pas, de la réalité peut-être, pourquoi pas ? oui, c'est ça, en en parlant elle faisait qu'il devenait réel.

Elle continua : Il a éventré les pneus de ma voiture. Ah mais, c'est que ça change tout, c'est plus grave, beaucoup plus grave, il faut que vous passiez nous voir. C'est tout ce que je demande, dit Muir, mais attention, pas pour porter plainte, ça non, je ne veux pas. Bordeaux lui répondit qu'il le fallait. Elle devait faire une déposition. Le mot même l'effraya : Non, écoutez, non, je ne veux pas qu'il ait des ennuis, c'est certainement un brave type, elle regretta le mot type. Non, ce que j'aimerais, c'est que vous lui parliez, c'est possible ? vous pouvez faire ça ?

## 12.

S'y prenant suffisamment à l'avance, connaissant le temps de réponse ainsi que le laps qui en général séparait la réponse de sa mise en application, Suzanne avait demandé à Georges de repeindre la barrière, celle de la rue, la clôture, en marron, avant elle était verte, un vert triste assez sombre, pas mal de noir dedans.

Surtout faut qu'il s'occupe, c'était le mot d'ordre, mais qu'est-ce qu'on occupe quand on s'occupe ? Peu importe, elle pensait que ça l'occuperait, elle avait raison. En plus, c'était nécessaire. Le vert, non seulement triste et sombre, était sale, pour ainsi dire gris sombre. Ça tombait bien, donc. L'un dans l'autre, c'était joindre l'utile à l'utile, c'était lui procurer une distraction utilitaire, c'était lui rendre un service salutaire, voire sanitaire, d'utilité privée et même publique puisque ça devait contribuer à l'embellissement du quartier.

En somme, tout ce qui était vert devait devenir marron, comme tout ce qui vit, l'ensemble de la nature, plantes et hommes, d'un marron proche du marron du voisin le plus proche, très voisin de la couleur du bois du portail et du portillon, une esthétique fermette, chaumière.

Et puis, pendant que tu y es, avait-elle ajouté, elle ajoutait toujours quelque chose. Georges attendait qu'elle se barre. Il voulait être seul pour penser. Repeins donc la porte du grenier, tu sais, le chien assis, t'as compris ? tu vois ce que je veux dire ? oui, bon, pardon, excuse-moi, je ne voulais pas dire ça, je suis en retard, j'ai mal dormi. Tu vas le faire, alors ? je peux compter sur toi ?

Oui, oui, avait répondu Georges. Pour ces

choses-là, on pouvait compter sur lui. On entendait le bruit d'un moteur.

Georges avait levé les yeux au ciel. Il scrutait le bleu. Il guettait. Puis soudain il avait aperçu le petit appareil qui miroitait dans le soleil, lui faisant signe. Il pensait encore plus fort à elle. Il la suivait des yeux dans l'axe de Villacoublay, elle amorçait sa descente, puis il l'avait perdue de vue dans la brume blanche, jusqu'à ne plus l'entendre.

Puis disant à Suzanne : Tu as vu l'avion ? c'est un. Il donnait le nom du constructeur, le modèle, la puissance, la vitesse, l'autonomie, et Suzanne avait dit : Qu'est-ce que c'est que cette nouvelle lubie ?

Suzanne partie, la matinée passait. Une belle matinée. Un matin tout ensoleillé. Il faisait chaud déjà. Il était quoi ? Dix heures. L'heure où Georges se sentait si désœuvré, inutile, inexistant, des choses comme ça.

Ce matin-là, il était occupé. Ça ne l'empêchait pas de penser mais soit, ce qu'il faisait l'occupait. Ça l'aidait même à penser. Il pensait qu'il détestait ce qu'il faisait. Il haïssait tout ce qui tentait de le distraire de la pensée de Marguerite Muir.

Il se tenait en équilibre tout en haut d'une échelle en alu. L'échelle était appuyée contre la gouttière. La gouttière était en plastique beige. Partant de la gouttière, la pente de tuiles. La toiture était refaite. C'était plus à faire. Les tuiles étaient brun-rouge.

Georges repeignait la porte du grenier, le chien assis. La forme dépassant du toit rappelait la position du chien assis, admettons, du chat aussi, tout animal capable de s'asseoir, y en a pas tant que ça, un peu plus tout de même que des capables de se tenir debout sur une échelle, il avait un peu le vertige.

Tant qu'il fixait la porte, qui progressivement passait du vert sale au marron, ça allait, mais quand il entendit sonner, tournant sa belle tête vers le bas en direction du portillon, il fut pris d'un grand accès de vertige. Il ferma les yeux, s'agrippa à l'échelle. Puis, les rouvrant sur le portillon après une brève période d'extrême concentration du corps privé de respiration, comme si l'esprit eût secouru l'oreille interne, il pensa que le rapport du vert des feuilles du lilas avec le brun du bois du portillon était d'une beauté exceptionnelle, quasiment équivalente à celle qu'entretenait le portail du même bois avec le vert des feuilles du grand laurier. Quand à nouveau on sonna. Entrez, cria Georges, c'est ouvert.

Les deux hommes entrèrent. Deux policiers en uniforme.

Georges, du haut de son échelle, ne reconnaissant pas Bernard de Bordeaux, il avait sa casquette sur la tête, cria de nouveau, mais cette fois sa voix se fit presque animale : Il est arrivé quelque chose à Suzanne ! et il faillit tomber, miraculeusement retenu par la pensée de Marguerite Muir, à peu près cette pensée : Je serais libre de l'aimer.

Non, non, rassurez-vous, le rassura Lucien d'Orange. Il s'appelait Lucien. Il était d'Orange. Nous voudrions simplement vous parler. Georges, encore vacillant, lui répondit je descends.

Il descendit de l'échelle. Posa le pot de peinture, le pinceau diamétralement à plat sur le pot, sur le bord de la fenêtre et une double page de journal : N'oublie pas de mettre un journal : oui, à cause des taches.

Puis s'essuya les mains avec un chiffon imbibé de White Spirit. Ça brûle un peu. La peau frissonne. Ça sent mauvais. C'est un peu gras, les mains luisent. Pas gras, huileux. Tout en considérant les policiers. Eux-mêmes suivaient chacun de ses gestes.

Vous me reconnaissez ? dit Bernard. Bien sûr, dit Georges. Là-haut, non. Vu de dessus, la casquette. Mais là, maintenant, oui. Vu de face, oui, parfaitement, dit-il en posant son chiffon sur le bord de la fenêtre. Puis le reprenant pour le poser sur le journal. De peur sans doute que le chiffon maculé de peinture marron ne tache le revêtement blanc du bord de la fenêtre : A cause des taches, dit-il, rictussant.

Vous repeignez la maison ? dit Lucien. Non, penses-tu, pensa Georges. Faut bien, dit-il. Ma femme a fait changer le portail et le portillon. Alors, évidemment, tout s'enchaîne. Le cours des choses. Le destin des choses. Les choses ont un destin. Celui de vieillir. Seulement voilà. Dès que vous mettez quelque chose de neuf dans du vieux, dans une vieille maison veux-je dire, faut tout remplacer. Ça s'impose. Mais si. Ça crève les yeux. Vous êtes obligé. L'existant de toujours, l'ancien, le vieux vous devient vite absolument insupportable. Non, ne touchez à rien. Un conseil que je vous donne. Faut rien toucher, jamais. Vieillir et laisser vieillir, voilà ce que j'aurais aimé, mais ma femme.

Vous êtes marié ? tacautaca Lucien d'Orange. Depuis trente ans, répondit Georges avec un brin de fierté. J'ai même des petits-enfants. Mais je vois qu'on est partis pour un moment. On ferait mieux d'aller s'asseoir. Vous venez ? On vous suit, dit d'Orange.

Ils cheminèrent jusqu'au jardin. Orange et Bordeaux, lentement, marchaient derrière Georges. Examinant les lieux, se regardant, opinant en miroir, comme se disant, Alors, c'est ici que ce bonhomme-là vit. Ils se le disaient sans doute. C'est toujours ce qu'on se dit. Se regardant de temps en temps.

A cette heure du matin, le soleil venait de la gauche. Il était difficile de trouver de l'ombre, ne serait-ce qu'un coin. La table, entourée de chaises basculées sur le dossier comme des mannequins se cognant le front, était en plein soleil. Je vais arranger ça, dit Georges.

Il installa le parasol. La copie du en teck. Un cadeau de son beau-frère. Genre tombé d'un camion. C'est sûrement ça, se disait-il, chaque fois qu'il sortait le parasol de la remise, le serrant dans ses bras, le déroulant, l'ouvrant comme un drapeau se déploie, un drapeau d'ombre au nez de l'autre, là, le soleil.

Puis, mains sur les hanches, l'air débordé

de qui consent tout de même à faire une pause, l'air de dire puisque vous êtes là : Vous voulez boire quelque chose ?

Non merci, dit Lucien, regardant Bernard : Toi non plus ? Non, dit Bernard, regardant Georges. Comme vous voudrez, dit ce dernier. Mais moi, si vous permettez. Je vais m'en chercher un petit. Asseyez-vous en attendant. Il redressa trois chaises.

Bernard et Lucien discutèrent en attendant Georges. Il s'éloignait. S'il était resté, ils auraient parlé d'autre chose, ils auraient tout de suite commencé. Parlé de ce pour quoi ils étaient là. Ils étaient venus pour ça. Mais Georges, après avoir parlé, parlé, s'était éloigné, alors, en l'attendant, Lucien et Bernard discutaient des avantages de la vie en pavillon. Lucien avec sa femme et ses enfants vivait en appartement. Bernard lui répondant : Oui mais alors l'entretien.

Puis Georges revint, son verre à la main. Le deuxième. Le premier, il l'avait bu à la cuisine, histoire de s'anesthésier, parce que tout de même, ce qui l'attendait, il s'en doutait.

Ils avaient ôté la casquette. Lucien d'Orange était chauve. Juste une couronne de lauriers bruns. Un empereur romain. Un consul. Un patricien. Un philosophe stratège. Un poète banni. Ou bien.

Georges se laissa tomber sur sa chaise. Ça fait du bien de s'asseoir, dit-il. Ça n'a l'air de rien mais j'étais depuis une heure sur l'échelle. Ça casse les pattes. A force de me retenir. J'ai pas peur de mourir. Non, j'ai peur de tomber, de me faire mal, d'en réchapper. J'ai récolté une douleur dans le pied droit. J'ai dû me blesser. Je me calais avec ce pied-là, comme ça, vous voyez ? Attendez, je regarde. Il se déchaussa. En effet, il avait le gros orteil tout violet. Oh là là, vous avez vu ça ? dit-il. Les deux autres regardaient.

Georges continua de parler en se rechaussant. Tant qu'il parlait, les autres se taisaient. Aussi longtemps qu'il parlerait. Quand il eut fini de se chausser, il but son irlandais d'un trait. Puis ouvrit de grands yeux, poussant un râle. Il avait vu faire ça au cinéma. Puis, posant son verre, il regarda les deux poulets, l'air surpris, étonné, interrogateur, comme s'il eût dit : Eh bien ?

Lequel des deux allait ouvrir le feu ?

Orange ou Bordeaux ?

Ce fut l'agent Bernard.

Vous vous souvenez du portefeuille ? Ça commençait moderato, chanté. Si je m'en souviens, dit Georges. Et mademoiselle Muir ? vous vous en souvenez ? Oui, aussi.

Vous l'avez rencontrée ? dit Lucien. Non, je l'ai eue au téléphone. Elle m'a appelé l'autre dimanche. Pour me remercier. De quoi, seigneur. Je n'avais pas le temps de lui parler. J'étais en famille. Ma fille était là. Avec son mari et ses enfants. Mes petits-enfants. Mon fils était là aussi. Il n'a pas d'enfants. Il a décidé très jeune qu'il n'en aurait pas. Je comprends ça. Pour reproduire quoi ? On n'a pas pu parler longtemps. Même pas du tout.

Je veux dire avec elle. Elle m'a remercié et puis voilà, point final.

Je vois, dit Lucien. Il regarda Bernard. A mon tour, pensa Bernard.

Et depuis ? dit-il, vous avez de ses nouvelles ? Pourquoi en aurais-je ? Je ne sais pas, dit Lucien, mais vous pourriez. Oui, dit Bernard, vous pourriez. Bah oui, dit Lucien, vous pourriez. Oui, dit Bernard, ça peut arriver. Bah oui, dit Lucien, on fait connaissance au téléphone. On parle, on se rappelle, dit Bernard. Ou on s'écrit, dit Lucien. Oui, dit Bernard, ou on s'écrit. Oui, ou on s'écrit, dit Lucien. Un vrai numéro de duettistes. Et quand le disque est rayé, il suffit de pousser le bras. Bernard le poussa : Vous ne lui avez pas écrit ?

Non, dit Georges. Les deux se regardèrent. L'un avait l'air navré. L'autre aussi. Ils avaient l'air de se dire il nous fait de la peine, tu crois pas ? pourquoi nous fait-il de la peine ? à nous ?

Ecoutez, soupira Bernard de Bordeaux.

Nous sommes là pour vous aider. Nous voudrions vous éviter de faire une bêtise. Sous-entendu, une nouvelle bêtise. Le commissaire s'était renseigné sur Georges, et dans le cerveau de Georges le mot bêtise, comme la moto de Marcelin dans le jardin, faisait des ravages.

Une bêtise ? sembla soudain s'étonner Georges. Quel genre de bêtise ? Est-ce que j'ai une tête à faire une bêtise ? Non mais regardez-moi. Vous voyez pas dans quel état je suis ? Si j'étais capable de faire une bêtise, vous savez ce que je ferais ? Non, dit Bordeaux. Non, dit Orange. Eh bien, je vais vous le dire. Je ferais comme mon voisin du haut. Au chômage depuis deux ans. Cinquante ans. Marié, deux enfants. Comme moi, pensa Lucien, jusque là ça va, ensuite ? Il s'est tiré une balle dans la tête. Et boum. Bang. On est peu de choses dans la vie d'une femme. Elle s'est remariée. Ils sont en train de refaire toute la maison. Vous comprenez ce que ça veut dire ? Ça veut dire que, ah, et puis merde.

Ecoutez, expira Lucien d'Orange. Tout ça, c'est bien triste. Mais mademoiselle Muir est venue nous voir. Elle nous a tout raconté. Elle a fait ça ? dit Georges. C'est pas possible. Elle a pas fait ça, pas elle. Si, dit Lucien. La salope, dit Georges, non mais vraiment, quelle salope.

Il se mit à chouiner vaguement. Juste les yeux. Comme ça. Sans bouger. Bouche pincée. La mâchoire inférieure serrant la supérieure à des milliers de kilos par centimètre carré. Puis, après cette sorte de silence qui paraît infini tant il semble devoir supporter le déroulement interminable d'une file d'images très mal dans le cadre, mal composées, le style mal vues, mal vécues, une belle suite de ratages : Je ne lui voulais pas de mal, dit-il.

Elle non plus, dit Bernard, lequel ne savait plus où se foutre. Peut-être bien qu'il comprenait. Il avait maintenant envie de le consoler. Parce que, quand même, il voyait bien que cet homme, oui, disons-le, n'ayons pas peur des mots, était malheureux.

Elle n'a même pas porté plainte, dit-il. Elle n'exige même pas que vous remboursiez ce que ça lui a coûté. Elle veut seulement que vous la laissiez tranquille. Elle nous a chargés de vous le demander. Alors voilà, je vous le demande. Vous voulez bien ? Il se pencha pour lui mettre la question sous le nez. Georges avait piqué du nez comme un avion qui tombe. Son profil avait l'air d'un Concorde au parking.

Il renifla. Puis voulut saisir son verre. Il était vide. Merde et merde, dit-il, j'en ai marre de cette saloperie de vie.

Lucien non plus n'en menait pas large. Il avait l'air d'un vieux philosophe qui a mal conseillé, ou bien conseillé, en tout cas conseillé, tout le drame est là, son jeune maître, et qui maintenant se désole. Le conseil était : Si tu veux régner, il faut l'abattre, avec bien sûr les conséquences que ça comporte. Un autre se lèvera, ce sera le début d'une théorie de la vengeance.

Alors, c'est oui ? dit-il. Vous voulez bien ?

Oui, oui, dit Georges.
Vous nous le promettez ? dit Bernard.
Oui, dit Georges.
On peut compter sur vous ? dit Lucien.
Oui, dit Georges.
On peut partir tranquilles ? dit Bernard.
Je vous ai dit oui, dit Georges.
A la bonne heure, dit Lucien.
Elle est belle, dites-moi, la peinture que vous faites, belle couleur, oui, vraiment, pas vrai, Bernard ? tu trouves pas qu'elle est belle cette couleur ? vous refaites tout en marron ?

## 13.

Avenue de Fontainebleau à Bicêtre. Au dernier étage. A en juger par ses balcons concaves, la terrasse et sa haie de thuyas, l'immeuble devait avoir trente ans. Un bel âge pour une femme.

Elle en avait quarante. Elle finissait un détartrage. Pas sa baignoire. Son dernier patient. Elle travaillait tard, dans les dents.

Marcel Schwer, un homme douillet, elle le touchait à peine, il levait la main, aussi vif qu'un élève qui sait. C'était sa dernière séance. On terminait par un bon nettoyage. Des dents jaunes d'origine.

Le docteur Muir n'avait rien promis. Je ne vais pas vous rendre vos quenottes d'enfant. Elle voulait parler de celles qu'on met sous l'oreiller. La petite souris va passer. C'eût été lui promettre de ravoir ses vingt ans.

Muir s'efforçait d'éclaircir le fond brun, par endroits lie-de-vin. Elle évitait de respirer. Elle portait un masque. Comme sa blouse, vert d'eau propre. Noué derrière la nuque, comme une chirurgienne, qu'elle était.

Les plaques de tartre sautaient comme des couvercles de poubelles. Pas vidées depuis un mois. Comme quand les éboueurs se mettent en grève. Une grève qui dure. Ça libère un tas de choses qui puent. Ça libérait de très vieilles pourritures. Marguerite s'arrêta une seconde pour souffler.

Le vieux Schwer aussi respira. Disant : Oh là là, ce que ça pue. J'aurais pas cru. Ça vous incommode pas trop ? Brave bonhomme. Il s'inquiétait derrière ses lunettes. Des verres épais qui réduisaient le regard. Tout son visage transpirait. D'une telle gentillesse. Marguerite l'adorait : Non, dit-elle, j'ai l'habitude.

Elle avait l'habitude mais regretta d'avoir dit ça. Elle le savait sensible, pas seulement de la bouche, dans l'âme aussi. Elle connaissait presque tout de sa vie. Faut dire que sa vie, chaque fois qu'il venait, il lui en racontait un bout. On ne peut pas tout dire d'un seul coup. Pourquoi lui ai-je répondu ça ? pensa-t-elle.

C'est incroyable ce que ça peut puer, dit Schwer, la bouche embarrassée, chuintant le c'est, le ce, le ça. Rincez-vous, dit Muir.

Schwer cracha des quantités de débris dans la cuvette, s'essuya la bouche, puis promena sa langue sur ses vieilles dents. Elles le renseignèrent. Des trous partout. L'air y passait quand il respirait. Il avait froid aux dents. Il faisait chaud, pourtant.

On continue ? dit Muir. C'est presque fini. allez-y, dit Schwer. Il se recoucha, ouvrit la bouche. La referma, avala. La salive affluait. Rouvrit la bouche en grand.

Muir repiqua dedans avec sa petite meule stylo. A jet d'eau. Ça giclait. Ça éclaboussait.

Ah, zut, elle attaque la gencive. La fatigue. Ça fait mal. Schwer agitait sa main. Vous me faites mal. Ça saignait. C'est fini, dit Muir, rincez-vous.

Schwer se rinça. Il cracha encore quelques débris, puis de la bave rose, des filaments extensibles à l'infini. Il avait du mal à s'en débarrasser. Fut obligé d'y mettre les doigts. Il en était gêné. Cela le fit rougir.

Regardez comme vous êtes beau. Comme chez le coiffeur. Il vient de vous massacrer. Il vous trouve beau, le salaud. Muir lui tendait le miroir. Sosie de Stravinsky jeune, le vieux Schwer regardait ses dents. Je vais pouvoir sourire, pensa-t-il. Puis, courageusement, : J'allais dire une bêtise, dit-il. Quelle bêtise ? dit Muir. J'allais dire : Non, c'est trop bête. Dites toujours, dit Muir. Ça la faisait rire, enfin, sourire, elle souriait, elle devinait. Il respira puis d'un trait il lui dit : J'allais dire je vais pouvoir vous sourire. J'allais même dire la prochaine fois, mais il n'y aura pas de prochaine fois. Mais si, dit Marguerite, vous reviendrez, n'est-ce pas ? Cette façon qu'elle eut de lui dire ça.

Schwer souriait. Il regardait ailleurs. Là où sans doute se trouvait son lui-même. Son intérieur. Son for. Il le fixait puis soupira comme on se réveille, puis la fixa, elle, pour lui dire ça : Fini le temps où je pouvais vous contempler penchée sur moi, vrillant mes nerfs, fouillant dans mes caries. Il se marra. Comme c'est gentil, répondit Muir. Et maintenant sauvez-vous. Il est tard.

Elle plaisantait mais finalement ce vieil abruti avait réussi à l'émouvoir. Comme quoi. Il suffit de parler selon son cœur. Oh, bien sûr, il lui avait parlé avec sa franchise de vieillard. Mais quand même. Le soir, comme ça. Les mots agissent. On est fatigué. Comme sans défense. Ils vous atteignent. Ils profitent de ce que vous êtes faible. Salauds de mots.

Lui parti, la journée finie, elle déboutonna sa blouse. Ne l'ôta pas. Ouvrit la fenêtre. Alluma une cigarette. Une Craven A. D'un paquet rouge plein pot. Quitte à fumer.

Elle la fumait en écoutant le bruit de l'avenue. Elle regardait le ciel. Tout ça semblait tellement convenu, mais qu'est-ce que le convenu, sinon la vie elle-même ? Un ciel de soir de juin. Une fin de jour interminable. Large, douce. Vaste, agonie de couleurs chaudes. Des camaïeux de bleus éteints. Le gros rond du soleil dans la brume. Il descendait lentement derrière une rangée de cheminées, une sorte de dentier. Elle le fixait. Elle pouvait, c'était comme elle un soleil fatigué. Au fond, pressé d'aller se coucher.

Bon, dit-elle. Elle parlait au cendrier. Inutile de la faire attendre. Comme toujours très élégante. Chacun de ses gestes. Le simple fait d'ôter sa blouse. Il y a des femmes comme ça. Je dis des. Non, pas des. Une, elle. Elle se dirigea vers la porte.

Sortie de son cabinet, elle traversa le couloir. Tendit le bras, frappa. Entra dans un cabinet identique. Le même, en miroir. Pour un peu, sans la présence qui s'y trouvait, elle eût pu croire, ça arrive, qu'elle-même soudain était absente. Mais non. Il y avait quelqu'un.

D'allongé sur le fauteuil de soins. Qui se relaxait, les pattes en l'air. Qui pédalait. Se musculant le ventre.

Quelque ami venu l'attendre ? La prendre ? Oui et non. Pas un ami, une. Mais pas venue la prendre. Elle avait passé la journée ici-même. Dans ce cabinet. Dentiste aussi. Je vous présente : Josepha Belotch.

Docteurs Muir et Belotch. Deux vieilles copines. Comme les deux doigts. Tout en commun. Jeunesse perdue, études. Même manque de fric. Et si on s'installait ensemble ? Avec quand même quelques différences. La quantité de patients. Etait-ce le charme de Marguerite ? Josepha n'en manquait pas, un autre genre. Quoi encore ? Leurs distractions. Josepha, le théâtre. Marguerite, l'aviation. Un monde, un fossé en abîme. Et puis ? Leur point de vue sur les hommes.

Pourquoi tu souris ? dit Josepha. Muir souriait, en effet, pensive. Je repensais au vieux Schwer, dit-elle. Elle se secoua puis soupira : Encore un qui se décide au dernier moment. Ça n'aurait rien changé, mais quand même, ça m'énerve. Figure-toi qu'avant de partir il m'a fait une jolie déclaration. Josepha écoutait à peine. Même pas, elle regardait Marguerite. Elle la fixait, même, avec un air. Elle faisait le compte des clients qui draguaient Muir. Sans parler des clientes.

A propos, dit-elle. Le coup en vache allait venir. Tu n'as plus eu de nouvelles de ton ? Elle cherchait le mot juste. Peut-être l'avait-elle déjà trouvé. Comment savoir ? Fallait attendre. Qu'elle veuille bien nous livrer l'expression la meilleure. Ou la plus mauvaise, c'est selon. Tout ça pour trouver ça. Elle ne trouva que celle-là : De ta brute soupirante ?

Cela agaça Marguerite. Elle se demanda pourquoi. Cela fit même plus que l'agacer. Elle ne s'attendait pas à réagir comme ça. Ça lui fit mal. Enfin, pas trop. Mais quand même, mal.

Non, dit-elle. Plus de nouvelles. Tu dis ça comme si, dit Josepha. Bah oui, dit Muir, c'est comme ça. Je me reproche d'avoir agi comme j'ai agi. J'ai peur qu'il ait eu des ennuis. Josepha ricana. Muir la regarda, l'air de dire, je ne sais pas ce que tu cherches, mais.

# PHASE 5

## Essai moteur

– tout voyant moteur éteint,
– pression huile et essence,
– température huile 28 °,
– régime moteur 1 700 rpm,
– sélection magnéto 1 + 2/2/1 + 2/1/1 + 2/,
– 125 rpm, toujours à 1 700, réchauffe carburateur, 100 rpm, plein ralenti, 600 à 100, régime de 1 000 à 1 200.

## 14.

Bien que réglée sur faible, la sonnerie était forte. Les symboles dessinés sur le flanc de la console sous le bouton de réglage mentaient. C'étaient des cloches. Pour faible, une clochette. Pour fort, un bourdon. Le bourdon sonnait très fort. La clochette, fort. Ça réveilla Suzanne. Ça lui fit même peur. Les sonneries à cette heure-ci, c'est toujours des ennuis.

Elle se leva pour répondre, saoule de sommeil, les jambes molles, avec un mal de tête. Machinalement, elle jeta un coup d'œil sur l'écran de la télévision. C'était plus du tout la même chose. J'ai déjà vu ça mais quand ? Hier peut-être, ou tout à l'heure. J'ai dû dormir longtemps : Voilà-voilà, j'arrive, dit-elle, puis décrocha.

Je vous dérange. Il est très tard. J'espère que je ne vous réveille pas, dit la voix. Une très belle voix, assez basse, sombre, grave. C'est mademoiselle Muir ? dit Suzanne. Oui, dit Marguerite, s'étonnant de ce que. Mais je ne comprends pas, comment avez-vous ? La voix, dit Suzanne, la voix. Je ne comprends toujours pas, dit Muir. C'est simple, dit Suzanne, Georges m'en parle beaucoup. Il me la décrit, et, croyez-moi, quand Georges décrit quelque chose, c'est précis. Et puis.

Le silence dura un moment. Muir se demandait ce qui se passait. On ne sait jamais. Tout est possible. Peut-être que le chat vomissait sur le tapis. Simple hypothèse. Marguerite ignorait que les Palet avaient une chatte, se prénommant Croquette, en raison des croquettes qu'elle bouffait à l'excès.

Et puis, reprit Suzanne. Le ton était différent. Presque suppliant. Pas vraiment. Plutôt priant. Voilà, sa voix priait, reconnaissante par avance, disant Et puis en soupirant, c'est ça, cet Et puis, elle le soupirait : J'espérais tellement, je peux bien vous le dire, puisque vous êtes là, puisqu'on parle, toutes les deux, entre femmes, j'espérais votre appel.

Une fois passée la gêne du Entre femmes nous nous comprenons, comme s'il s'agissait d'un métalangage, Muir avait horreur de ça, elle demanda : Pourquoi ça ? pourquoi espériez-vous ?

Suzanne répondit oh. Un oh comme en larmes. Un oh qui en dit long. Oh, très long. Partant de très loin. Le oh d'une femme qui voulant mesurer ses malheurs. Se taisant par discrétion. Sachant qu'elle en dit davantage, justement, par son silence. Elle sait bien que ça s'entend. Elle se retient, pour qu'on voie bien. Muir voyait ça d'où elle était. Elle se le représentait à peu près. Elle faillit raccrocher. Elle appelait de son cabinet.

Puis-je lui parler ? dit-elle. Nouveau soupir. Sans doute, dit Suzanne, mais pas maintenant, il n'est pas là. Pas rentré ou parti ? pensa Muir. Où est-il ? dit-elle comme si ça la regardait. Ça la regardait. Elle avait décidé que ça la regardait.

Au cinéma, dit Suzanne. Un vieux film de guerre dans une petite salle du quartier Italie. L'histoire d'un pilote de l'US Navy. Pendant la guerre de Corée. Les ponts de Toko-ri. Le pilote avec son groupe est chargé de les détruire. Il a pour mission de. Il faudra voler à basse altitude, au ras de la mer, entre les montagnes. C'est un long défilé. L'approche est truffée de batteries anti-aériennes, de chaque côté. Vous allez subir un feu croisé très abondant. De face. Un déluge de feu ? Oui, c'est ça. Bonne chance. Le pilote est abattu. Avant de s'éjecter, salement blessé, il a le temps de signaler sa position. Des ordres sont donnés. Ordre est donné de le ramener. Coûte que coûte ? Voilà. Son copain décolle du porte-avions. Il vient le chercher en hélicoptère. Les Coréens repèrent l'hélicoptère. Ils n'ont plus qu'à attendre qu'il se pose. Ils avaient déjà repéré le parachute. Le copain saute à terre. Le rotor tourne.

Nuage de poussière. Les deux hommes se retrouvent. Ils sont à découvert. L'un, sérieusement blessé. L'autre, pas assez fort pour le traîner. Impossible de se mettre à l'abri. Echanges de tirs. Les Coréens les tuent tous les deux.

C'est pas loin d'ici, pensa Muir, et si j'allais l'attendre à la sortie ? Je rappellerai, dit-elle, merci. Il était dix heures vingt. Elle téléphona aux renseignements. Puis au cinéma. La caissière lui précisa l'heure de la fin du film. Marguerite disposait d'une petite demi-heure.

Elle ferma le cabinet. L'ascenseur la déposa au deuxième sous-sol. Elle marchait dans le parking. C'était lugubre. Elle n'avait pas peur. La tête ailleurs. Le cœur trop occupé. Pas une seconde elle n'a douté. Elle était certaine de reconnaître Georges. Sans l'avoir jamais vu ? Eh oui.

Place 218. Ouvrit sa voiture. Remonta plein pot la spirale. Deux niveaux. Déboucha pleins phares sur le bateau. Le pépère avec son cabot à l'heure de la pisse eut juste le temps de sauter sur l'autre rive. Puis elle prit à gauche dans l'avenue vers la porte d'Italie. Mais elle eut beau accélérer à fond, le moulin crachait ses boulons, le premier feu passa de l'orange au rouge.

Elle se heurta également aux suivants. Elle arrivait trop vite. Les feux n'avaient pas le temps de se mettre au vert. Elle profita d'un rouge pour chausser ses verres noirs. Les phares blancs lui faisaient mal aux yeux. Mais, l'un dans l'autre, le temps ne passe pas vite. Elle ne mit pas plus de dix minutes pour atteindre la place d'Italie. Se gara n'importe où. Fit le reste à pied.

Il était dix heures et demie passées. Elle entra dans un petit café à côté. Vérifia l'affiche du cinéma puis entra dans ce café. Qui n'était pas si petit. C'était même, dans le sens de la profondeur, un café assez vaste. Le café cachait son jeu.

De la terrasse façon véranda ouverte, on avait poussé les panneaux mobiles. On respire mieux dans un abri ouvert, avec la sensation particulière d'être installé sous un abri ordinairement fermé et qui là exceptionnellement est ouvert. On est mieux que dehors. A la fois libre et enfermé. A l'air libre et protégé. On sait jamais, ça peut se gâter. Elle pouvait surveiller la sortie du cinéma.

Elle commanda un café double, se disant Je ne vais pas dormir. Le double café lui fut servi par un serveur brillantiné qui portait noué autour de la taille, long donc masquant largement son pantalon noir, un tablier amidonné incroyablement blanc. Cela étonna Marguerite, vu l'heure qu'il était. Le sourire du garçon tout autant, vu l'heure qu'il était. Elle-même se sentait incapable de sourire. Songeant j'ai mes raisons. Lui aussi peut-être. S'il fallait s'occuper de ça. Le sourire du garçon était un sourire triste. Elle l'avait mal regardé. Autant dire pas. Comme on regarde une machine qui vous sert un café. On voit à travers. Dans l'état où elle était, elle eût pu voir à travers n'importe quoi. Elle surveillait l'entrée du cinéma.

Un petit bigleux vint s'asseoir en face d'elle. Une cicatrice partait de sous l'orbite et barrait sa joue gauche. Il portait des verres spéciaux, épais et opaques. Noirs, imprécis, ses gros yeux bougeaient comme des ombres. Je suis poète, dit-il. J'ai du génie. Puis, insistant, il se mit à parler en allemand, citant des choses pas de lui, sans doute les vers d'un malheureux de même acabit. Marguerite comprenait quelques mots. Mais quelques mots ne suffisent pas. Tout au plus a-t-on l'idée que quelque chose se dit. Voyant que ça ne prenait pas, le bigleux s'en alla. Elle guettait la sortie.

Une grosse douzaine de types un peu frissonnants. Il faisait beau cependant. Une belle nuit douce. Les mains dans les poches. Refusant la lumière. Un peu mal au cœur. Le regard fuyant sur le bitume. Comme pour éviter tout autre regard. Surtout ne pas croiser d'autres regards. Comme s'ils avaient honte de ce qu'ils avaient vu. Faut dire que la fin est assez terrible. On ne s'attendait pas à ça. L'envie de se taire.

Georges s'en distinguait par son allure. Vous valez mieux que ce genre de films. Tous les films se valent, eût-il répondu. Il y a toujours quelque chose à voir dans un film. Il marchait droit, un peu décoiffé. Ses cheveux gris prenaient le vent tiède. La tête haute. Comme s'il eût voulu montrer qu'il était capable de se redresser. Mais non. Il n'avait rien à prouver. Il avait depuis peu quelque chose en lui qui l'incitait, lui ordonnait de se redresser. Non, ni incitation ni ordre. Ça le dépassait. Il se redressait parce qu'il pensait à elle. Même pas, il n'y pensait pas. Nul besoin d'y penser. Elle était en lui et il se tenait droit.

Sa veste grande ouverte. On voyait bien sa chemise. Elle ressortait. Elle était claire. Pas blanche mais presque. Les rafales de vent le faisaient un peu pleurer mais ses yeux au contraire des autres balayaient sèchement l'espace de droite à gauche. Les lumières, les passants, les voitures, tout semblait l'amuser. Il était calme.

Marguerite le regarda passer. Il marchait lentement. Elle était sûre que c'était lui. Elle se retint encore un petit instant puis sortit du café. Elle se retenait, histoire de prendre davantage d'élan. On peut même dire qu'elle s'élança. Non. Si, elle se lança. D'ailleurs qu'est-ce que ça change ? qu'on appelle ça comme on voudra.

Une fois dehors, elle se rendit compte qu'elle trottait. Elle pensa, Quand même, faut pas exagérer. T'as l'air de quoi ? Marche normalement. Comme Georges allait lentement, elle eut tôt fait, elle le rattrapa rapidement. Le dépassa, puis, se retournant, elle se planta devant lui.

Quand on sort du cinéma, rien ne vous étonne. N'importe quoi peut se produire. Ça ne vous surprend pas. Tout peut arriver avec le plus grand naturel. Le regard est encore au repos. Il la regarda longtemps, l'air de réfléchir, puis prononça tout fort, il y avait du bruit dans la rue, le vent chassait les voix : Vous m'aimez, alors ? Tous deux ricanèrent.

Non, non, dit Marguerite. Elle riait. Il se trouve que. L'émotion, elle riait de plaisir. Enervée, elle ricanait comme une idiote. Non, il se trouve que. Que quoi ? dit Georges. Il la regardait avec une telle intensité. Elle avait du mal à continuer. Ne me regardez pas comme ça, on dirait que. Que quoi ? dit Georges. Rien, je disais : Il se trouve que, enfin voilà, je m'inquiétais pour vous. La nuance était assez subtile. Georges apprécia. C'est vrai, au fond, dit-il, on peut s'inquiéter sans aimer. N'est-ce pas ? Oui, pourquoi pas ? Oui. Mais peut-on aimer sans s'inquiéter ? Oui, aussi. Comment saviez-vous que j'étais là ?

Votre femme. Ah oui, ma femme. Elle est gentille, n'est-ce pas ? Cette façon qu'il a de dire encore n'est-ce pas. On lui foutrait des baffes. Elle est plus que ça, dit Muir. Oui, bon, dit Georges : Vous voulez quoi au juste ? Qu'on aille prendre un café. Songeant : Cette fois, c'est sûr, je ne dormirai pas.

Ça fait drôle de marcher ensemble. On se

connaît à peine. On s'est parlé au téléphone. Appelons ça se parler. On n'espérait même plus se voir. Et puis voilà qu'on marche ensemble, pas très droit, les corps comme aimantés se frôlent parce qu'on est fatigués. Se touchent, même. Se heurtent un peu. On se demande pardon, muettement, on n'ose pas. On est crevés. Pour un peu on se prendrait le bras. Imaginons-le. Ils se prendraient le bras, ils s'appuieraient l'un sur l'autre. Mais ça ne se produit pas. Ils se demandent pourquoi. On s'injurie, on se dit : Quel con, quelle conne je suis. Et on entre dans le même café. On s'asseoit à la table où Marguerite était assise, la place est encore chaude, le garçon n'avait pas débarrassé.

Pas de café pour Georges. Il commanda un fond de Paddy. On n'a pas, dit le tablier amidonné. Il ne souriait pas. Tout à l'heure, pour la dame, il avait fait un effort. Mais maintenant que la dame est accompagnée. Elle a plus rien à foutre de mon sourire.

Qu'est-ce que vous avez ? lui demanda

Georges comme s'il l'interrogeait sur les causes de sa tristesse tout en le regardant avec les yeux de l'indifférent. Vieux con, pensa le garçon blond. Il avait une tête de champion de natation. De futur ancien champion du monde : Johnnie Walker, dit-il. Ça marche, dit Georges, un fond.

Ah et puis moi aussi, dit Muir. Alors deux, dit Georges.

Ils burent ça. En silence ou presque. Ne parlaient qu'à peine. Se regardant par épisodes très brefs. Les yeux fuyaient très vite. Chacun se demandait : Comment me trouve-t-il ? Comment me trouve-t-elle ? Non, pas Georges, il s'en foutait. Sans le savoir il plaisait. Le charme des vieux qui s'en foutent.

Et alors ?, ce film ? dit Muir. Oh, dit Georges. Mais encore ? dit Muir. Eh bien, j'espérais retrouver des impressions, des sensations, je ne sais quoi, dit Georges, il se frottait la barbe d'une joue à l'autre en passant par la bouche, ça faisait un bruit masculin que Muir aimait bien, c'était sec et rêche, très agréable à entendre. J'étais gamin quand j'ai vu ça la première fois. Avec mon copain Pierre Caron. Il était grand avec des cheveux blonds raides comme des baguettes. Il ressemblait à Fantasio. Le Fantasio de Spirou. Vous voyez ce que je veux dire ?

Non, dit Muir.

On était des dingues d'aviation. On suivait les aventures de Buck Danny.

Ah bon ? dit Muir, et alors ?

Alors quoi ?

Bah, ce film, dit Muir.

Rien, dit Georges, ça m'a rien fait du tout, même la mort des deux copains, j'ai trouvé ça normal, la guerre c'est plutôt comme ça qu'autrement, vous ne croyez pas ?

Elle ne croyait rien. Elle se demandait ce qu'elle foutait là. Elle regardait son verre. Elle n'aimait pas le whisky. Il la fatiguait avec ses histoires. Elle se disait : Je viens le voir, je fais la connerie de ma vie et lui il me parle de la guerre. Qu'est-ce que je fous ici ? je serais mieux dans mon lit.

Et vous alors ? dit Georges. Il fit planer sa main au-dessus de la table : Les avions ? J'ai pas beaucoup le temps en ce moment, dit-elle, mais j'espère voler bientôt, peut-être pas dimanche prochain mais bientôt. Elle le regarda une petite seconde. Puis baissa les yeux : Vous devriez venir. Puis, le regardant de nouveau, mais alors très vite, histoire de s'assurer qu'il était toujours là, qu'il écoutait. Il était là. Il écoutait. Pas pour longtemps. Si elle continuait comme ça, il allait sûrement se barrer.

Avec votre femme, dit-elle.

Avec ma femme ? dit Georges.

A partir de là, il ne cessa plus de la regarder, il passait du front au nez, d'une oreille à la pommette, de la bouche aux yeux, puis revenait sur ses lèvres, qui remuaient, parlaient, lui disant oui, j'en suis sûre, ça lui ferait plaisir.

Je vois, dit-il.

Vous voyez quoi ?

Il se leva, jeta un billet sur la table, il avait vu faire ça au cinéma.

Dans sa voiture, Marguerite Muir repensait au regard de Georges. Tous les feux verts. Ça roulait tout seul. Elle avait tendance à accélérer. Ne va pas te tuer, pensa-t-elle. En avion, oui, je veux bien. Mais en voiture, non, ce serait trop con. Elle s'autorisait des mots comme con quand elle était seule. Ou quand elle conduisait. Elle repensait au regard de Georges. Un regard curieux, au sens de drôle. Drôle au sens de bizarre. Ouvert et à la fois paraissant totalement endormi. Oui, comme dormant les yeux ouverts.

# 15.

Josepha ouvrit le cabinet. Des gens déjà attendaient à l'extérieur, dans le couloir, près de l'ascenseur. Il était neuf heures.

La première dame attendait depuis une demi-heure. Le docteur Muir est malade ? dit-elle. La question étonna Josepha. Il est vrai qu'on s'inquiète peu de la santé des médecins.

Non, dit Josepha, elle a été retardée, songeant : Est-ce que ça vous regarde ? Si vous voulez bien entrer, dit-elle. Ils étaient quatre. La dame, une autre dame plus jeune avec un enfant, un mercredi, un homme à la bouche déformée, un abcès, les traits tirés, pas dormi de la nuit, abruti, les yeux qui pleurent.

Josepha s'occupa de lui. Les trois autres

dans la salle d'attente avec jouets, table basse, mensuels datant de six mois dispersés sur ladite, hebdomadaires hypertripotés, épuisés comme par les regards les beaux sous-verres aux murs, ou le tissu des sièges sous les, ou le sol sous les pieds.

Josepha se chargea d'eux aussi. La dame de huit heures et demie. Puis le petit. Ça faisait tôt pour un petit bonhomme comme ça, mais sa mère était seule et elle avait plein de trucs à faire. Puis ses propres patients arrivèrent. Marguerite non, toujours pas. Qu'est-ce qu'elle fout ?

Elle se balançait. Dans un fauteuil. Son fauteuil. Sa chaise basculante. Du très beau bois brun rouge. Merisier foncé. Siège et dossier non cannés. Pas de paille tressée, du bois, rien que du bois. Chevilles, tenons, mortaises. Du beau bois lisse. La facture était si belle. Le tout tellement bien dessiné. Le corps s'y inscrivait comme au-dedans d'une empreinte naturelle.

Elle tenait ça de son père, le rocking-chair.

Un as français engagé chez les Anglais, jamais remis de la guerre, ses plus belles années. Marié à une Anglaise. Elle vit toujours d'ailleurs. Ailleurs. La banlieue de Londres, divorcée. Un vrai carnage cet héritage. Les sœurs étaient à couteaux tirés. Marguerite a dit je veux ça, juste ça. Elle emporta aussi les qualités de son père, mais, comme elle lui ressemblait, on peut dire trait pour trait, cela ne se vit pas.

Toc-toc, toc-toc. Elle se balançait. Ça faisait toc-toc parce que la baraque travaillait du sol. Une vieille maison. Elle se disloquait. Lentement, elle avait le temps. Un jour, sans prévenir, elle s'écroulerait.

Résultat, les carreaux de tomette étaient par endroits déjointés. Certains ressortaient comme une pierre sur un chemin. Précisément sous l'arceau de la bascule, lequel butait, s'obstinant, comme la roue d'une charette qui avance qui recule, près de la fenêtre.

Pas question de le déplacer. Sa place était près de la fenêtre. Et puis ledit toc-toc était comme un tic-tac. Un mouvement pendulaire. Le balancement d'un balancier. Laissons passer les heures.

Elle se balançait en attendant que ça prenne. Une espèce de rinçage, dieu sait quoi, un truc de fille. Coloration ou décoloration. Elle voulait se refaire une couleur. La longueur non, ça va, ils sont très bien comme ça, j'irai chez le coiffeur, samedi, vers une heure, ou plus tard, enfin on verra. L'oreille dégagée, un beau profil. Je me souviens d'elle un jour assise comme ça, les jambes croisées, de côté, elle regardait ailleurs, un corsage blanc, une jupe bleue, un bleu très particulier, elle portait toujours des couleurs difficiles à nommer.

Mais cette tignasse pisseuse, sans parler des cheveux blancs, ça commençait. Elle se cassait la tête pour ça. A cause de Georges. Cette entrevue. C'est toujours comme ça. On évacue les raisons d'importance. On s'arrête aux détails. Par exemple ? Eh bien, au lieu de se dire je n'avais rien à faire là-bas, ou bien qu'allais-je donc faire là-bas ? elle se disait : J'étais peut-être mal coiffée. Il n'a peut-être pas aimé mon nez. Faut dire qu'il l'avait bien regardée. Comme s'il devait ne jamais plus la revoir. Extrêmement soucieux de se la rappeler. J'espère qu'il n'a pas vu mes dents. Des choses comme ça. Aurait-il remarqué mes pieds ?

Bah alors ? dit Josepha, qu'est-ce que tu fabriques ? Rien. T'es malade ? Non, enfin, je ne crois pas. Figure-toi qu'une de tes clientes ce matin m'a demandé si tu étais malade, ça m'a étonnée. C'est renversant, dit Muir, se balançant. Elle s'était remise dans le fauteuil, comme d'autres se recouchent, berçant le téléphone. Au point haut de son balancement, elle apercevait les arbres verts sous le ciel bleu au bout de la rue piétonne. Au point bas, la tringle à rideaux. Une barre cylindrique en cuivre chargée d'une suite d'anneaux tassés. Chaque anneau cousu supportait un cinquième du poids du demi- rideau froncé. Un tissu écossais dans les bruns et les rouges. Même chose de l'autre côté. Ça ne nous intéresse pas. Marguerite ne voyait que ce côté-là, le gauche.

Non, sérieusement, qu'est-ce qui se passe ? Rien. Comment ça, rien ? Rien, je te dis. Et tes patients ? tu y penses ? Je m'en balance. Ah bon ? tu t'en balances ? mais, ma petite, sans clients pas d'argent, sans argent pas d'avion, tu y penses ?

Pensons-y.

Elle avait acheté un vieux Spit. Spitfire. Evidemment de la guerre. Une merveille. Tout à refaire mais absolument magnifique. Avec Mickey et quelques autres. Cinq, avec Mickey. Des dingues de mécanique. Il manquait quatre cent mille francs, une paille, et un pilote. Muir se proposa. Les garçons applaudirent. Pas seulement pour le fric. Ils savaient comment Marguerite pilotait. Ils l'avaient vue à l'œuvre. Moi aussi. Un jour je l'ai suivie, elle volait en rase-mottes, enveloppant la cime des arbres, puis elle s'est mise à longer la rivière et, quand j'ai vu arriver le pont, je me suis dit non, elle va pas le faire, eh bien si, elle est passée sous le pont, moi non, j'ai pas osé, j'ai redressé.

Je passe te prendre à une heure. A treize heures, Josepha se garait dans la rue des Ecoles. En face des notaires. La grille bleue des notaires associés. Une grille interdisant l'accès d'un grand jardin tout vert et partiellement fleuri. Sa taille donnait le temps à toute personne le traversant de contempler la maison blanche. Un perron d'escalier double, axial, d'une symétrie parfaite. Les volets ouverts à chaque fenêtre comme des ailes du même bleu. De papillon, peut-être.

Une petite Opel toute neuve. Une laideur. La ferma. La regarda de l'arrière jusqu'à l'aile. Traversa la rue, se retourna. On se retourne toujours sur une voiture neuve. Après ça passe, c'est comme tout, puis monta.

Oh là là, tes cheveux ! t'as vu tes cheveux ? qu'est-ce qui s'est passé ? Ça avait viré au rouge, mais avec son teint mat, les oreilles dégagées, elle était comme toujours à croquer.

Elle avait passé une légère veste. Une sorte de raglan d'été de toile. Un pantalon clair, des ballerines, bref on avait envie de l'embrasser. Josepha l'attira contre elle. Ma guérite, dit-elle. Quelle gourde. Ma petite guérite. Elle l'appelait comme ça dans les pires moments. Quand il y avait vraiment urgence. Une brave fille, au fond. Allez, viens, dit-elle, on va manger quelque chose à côté.

Une tranche de foie au Café de la Paix. Il faisait beau. Les femmes entraient dans le parc en bavardant, poussant des landaus, des jumeaux, des poussettes pleines d'enfants, les plus grands suivaient, se chamaillant, couraient devant, attendez-nous, les enfants, j'ai dit vous attendez, vous entendez ?

Un foie de veau excellent, bien cuit, servi avec une boule de pommes de terre écrasées dans du beurre. Très bon. Le bourgueil aussi. Bien frais. Josepha buvait. Marguerite non, pas aujourd'hui, très peu.

Elle était justement en train de refuser du vin comme on fait, d'aucuns le font, la main au-dessus du verre. Elle devint pâle. Lâcha sa cuiller à dessert. Elles en étaient au dessert. Elle s'obstinait à vouloir découper sa tarte, une tarte fine aux pommes avec une boule de glace à la vanille, avec sa cuiller. Sous prétexte que sa grand-mère. Josepha utilisait le couteau et la fourchette, disant à Marguerite : Pourquoi ne prends-tu pas ton couteau ? puis, voyant que le problème n'était pas un problème de tarte à couper au couteau : Qu'est-ce qui t'arrive ?

Muir respirait mal. Elle était blanche. Les yeux cherchant quelque chose d'autre à regarder. Chaque chose autre refusant de se laisser regarder. Et quand le regard ne trouve nulle part où se poser, on tourne de l'œil. Elle n'en était pas là. Pas encore, mais si ça continuait. Dos à l'église, Josepha se retourna pour voir. Elle vit.

C'est lui ? dit-elle. Georges était là, seul, debout, nez levé sur la façade rose de l'église. C'est lui ? Oui, dit Muir. Je vois, dit Josepha : En effet, il est pas mal.

Il était pas mal en effet. On peut dire ça. Ça veut rien dire, mais on peut le dire. Pas bien habillé spécialement, mais une vraie élégance. Ce qui ne veut rien dire non plus. Ça veut dire quoi, une vraie élégance ? Rien. Comment, rien ? Naturelle. Innée. Quelque vêtement qu'il eût porté. Pans de veste rejetés. Mains dans les poches. De la couleur des cheveux à celle du pantalon en passant par la veste on avait sous les yeux un dégradé de gris très beau. Un ensemble d'autant plus naturel qu'il était usagé, comme habitué au dos de cet homme, usé lui-même.

Je vais aller le trouver, moi, dit Josepha, tu vas voir. Non, non, dit Muir, surtout pas, ne bouge pas, reste là, mais Josepha.

Debout déjà. Oh là là, j'ai trop bu, dit-elle. Elle rigolait. Marchait à peine droit. Elle traversa la place.

Elle s'approchait du dos de Georges. Doucement, elle lui toucha l'épaule. Georges se retourna. Laissez-la tranquille, dit Josepha. Qui ça ? dit Georges.

D'une rotation du buste, et quel buste, Georges remarqua le buste, faut dire que Josepha ne faisait rien pour que les hommes ne le remarquassent pas, au contraire, elle portait toujours des choses avantageuses, suivie d'une rotation de la nuque nue, Georges regarda la nuque, où traînait savamment négligée une mèche de ses cheveux chignonnement relevés, le tout agrémenté d'un sourire bourré de charme, l'air de dire je vous méprise bel étranger, lui désignant Muir.

Georges considéra la terrasse du café. Marguerite reçut le regard. Comme on capte un projectile. Balle impossible à renvoyer. Ça se loge dans la pensée. Une pensée qui pense en permanence, qui veille et qui, à force de veiller.

Allez, viens, dit Josepha, on s'en va.

Georges, de nouveau, regardait l'église.

Marguerite s'attardait. Elle traînait les pieds. Pas envie de s'en aller. L'envie de rester là, le temps qu'il faudra. Aussi longtemps que lui restera là. Elle en mettait un temps pour enfiler sa veste. Elle trouvait pas la manche. Puis, lentement, elle ramassa son briquet. Ses cigarettes, avec encore davantage de lenteur.

En fait, du coin de l'œil, elle regardait le dos de Georges. Le gris souris de la veste. L'anthracite clair du pantalon. Des cheveux le gris blanc assez dru. Eut envie de soupirer mais elle était si oppressée. Elle ne put même pas soupirer. Elle se redressa comme on fait pour se libérer le diaphragme. Mais non. Aucun soupir n'en résulta. Respirer lui était très pénible.

L'Opel sentait le neuf. Faudra penser à la première visite de garantie. Muir et Belotch associées ne parlèrent pas. Chacune à sa façon pensait à Georges Palet.

Les premiers rendez-vous attendaient. A trois heures, elles étaient au travail. L'après-midi ne se passa pas trop mal. Muir n'y était pas vraiment. Vous me faites mal.

## 16.

Les Champs-Elysées. Il leur arriva d'être comparés à une piste d'envol. Elle les voyait comme ça. Elle regardait la perspective élyséenne comme une sorte d'Orly de nuit.

Elles attendaient de pouvoir traverser. Marguerite regardait à droite. Josepha à gauche, la Concorde. Elles semblaient s'ignorer. Peut-être même fâchées.

Elles sortaient du théâtre. Un seul acteur jouait tous les rôles. Comme un auteur, voilà. Se faisant face, se tournant le dos, s'aimant, s'invectivant, j'en passe, se ridiculisant. L'acteur s'était saisi du livre de l'auteur et allez, allons-y, jouons-le. Maguerite s'ennuya à mourir.

Elles étaient mal placées. Beaucoup trop

près, deux places au deuxième rang louées au dernier moment. Sans entracte.

Pendant deux heures Marguerite observa les chaussures de l'acteur, des grosses pompes noires. Les semelles de crêpe épaisses allaient, venaient, avançaient, reculaient, un vrai danseur.

De temps à autre elle laissait sa nuque se plier, sa tête en arrière se pencher, comme lasse, fourbue de lassitude, son visage basculait.

Elle regardait en l'air. Les yeux levés très haut, elle voyait la tête du mec, la bouche ouverte, un regard fou, les yeux d'un délirant, y croyant, il hurlait, crachait, ses postillons giclant se mêlaient au suspens de la poussière, un instant brillaient dans la lumière puis retombaient comme retombent du ciel des étoiles feintes, les artifices éteints d'une fête, tout à la fin dans les jardins, l'eau du bassin est froide, qui plus est noire, les carpes muettes.

Josepha sortant ne tarissait. Pas moyen de

la faire taire. Marguerite renonça. Elle trouvait l'acteur tellement beau. Soupir. Tellement séduisant. Soupir. Elle lui trouvait tellement de talent. Elle retira le mot talent, en chercha un autre. Elle hésitait. Du génie ? dit Muir, s'arrêtant au feu.

Regardant les Champs, elle pensait : Je serais beaucoup mieux là-haut toute seule dans le ciel noir avec seulement la clarté douce des instruments de bord.

Encore plus loin du ciel. Profondément sous terre. Dans le métro, son humeur ne s'arrangeait pas. Elle supportait mal d'être secouée. Le conducteur de la rame fonçait comme un dingue. Pressé de retrouver quoi ? son petit chez-soi ? sa femme et ses mômes ? Quoi qu'il en soit. Il entrait en gare en freinant à mort. Relâchait le frein, une vraie brute. On eût dit qu'il le faisait exprès, comme s'il voulait éjecter les deux femmes. Josepha, bien sûr, trouvait ça drôle.

Muir non. Elle faisait une tête. T'en fais une tête, dit Josepha. Muir ne répondit pas.

Elle ne tourna même pas cette tête. L'autre insista : Ne me dis pas que tu es. Que je suis quoi ? L'attaque arrivait. Muir se rebiffait déjà. Josepha dit : Amoureuse de ce type. J'ai pas dit ça, dit Muir, d'ailleurs je n'ai rien dit, alors fous-moi la paix, t'entends ? fous-moi la paix, c'est tout ce que je demande. Oh là là. Quoi, oh là là ? Muir se leva pour descendre. Après avoir dit tu me fais chier. La rame était à l'arrêt. Les portes s'ouvraient. Muir se précipita pour descendre, Josepha pour l'en empêcher.

Un jeune Noir au fond du wagon roupillait sous une publicité pour une boîte d'intérim. La photo souriante et cravatée semblait veiller sur lui, l'air de dire ne le réveillez pas, j'ai rien pour lui. Il avait les bras croisés. Sa tête en boule crépue rebondissait contre la vitre. Du verre Sécurit. Il ouvrait les yeux à chaque station. Il vit une femme se lever pour descendre puis une autre qui pour l'en empêcher la retenait par le bras, comme lui disant non non, c'est pas là, ne descends pas, on est pas arrivées, et comme les portes se refermaient il referma ses yeux.

Muir et Belotch marchaient dans les couloirs de la correspondance. C'était désert. Des pas lointains. Les leurs sonores. C'était comme circuler dans les égouts. Des rats, des épaves, deux hommes, ce qu'il en restait, étaient assis par terre, adossés au mur. Sur une couverture dégueulasse, un chien miteux dormait près d'eux. Une petite pièce pour manger, mesdames. L'un des deux tendit sa main noire au passage des femmes. Marguerite dut le regarder méchamment. Elle haïssait tout ce qui tentait de la distraire de la pensée de Georges. C'était devenu comme ça. Elle passa, s'éloignait de ça.

Le type se leva. Trottinant vaguement, il la rattrapa. L'ayant rattrapée, il s'agrippa à ses vêtements, la retourna et commença à la secouer, l'injuriant, la couvrant d'ordures. Josepha s'interposa. Rentrant dans le type, elle le tira, l'écarta, puis le poussa encore, il revenait, elle le repoussa, lui disant : Mon poing dans la gueule, c'est ça que vous voulez ? Les yeux vitreux du type. Il n'en revenait pas. Une fille lui parlait la langue des mecs, il se retira. Il tremblait, il alla se rasseoir, par terre, contre le mur, le chien le gênait, il lui balança un coup de pompe.

Mon bouton. Muir pleurnichait. Elle avait perdu un bouton. Ce connard m'a craqué un bouton. Où il est maintenant ? hein ? où il est mon bouton ? Elle le cherchait. Il avait roulé. Finalement le trouva. Ah le voilà, dit-elle, j'aime mieux ça, puis soudain, toute pensive, faisant comme beaucoup font, replaçant le bouton là où il manquait, comme pour s'assurer que c'est bien là qu'il manque, qu'il était bien là avant de manquer, que c'est bien là, à l'endroit où le fil est craqué, qu'il faudra le replacer, elle murmura : Si Georges avait été là.

Comment ? dit Josepha, qu'est-ce que tu dis ? Josepha, à peine remise du choc, avait du mal à : Tu me parlais ? Je disais : Si Georges avait été là. Tu remets ça ? J'ai envie de le voir, tu entends ? je veux le voir, il faut que je le voie. Ça veut dire quoi, il faut ? Rien, t'occupe pas, je vais l'appeler. Tu l'appelleras demain. Non, pas demain, t'as pas compris, je veux le voir maintenant. A cette heure-ci ? non mais t'es folle ?

Elle appela d'une cabine près de la gare du RER. Josepha trouva bizarre qu'elle n'attende pas d'être chez elle. Elle se demanda si Marguerite n'était pas en train de. Mais non, mais non, allons. Ça pressait, voilà tout. Fallait que ça se fasse, maintenant, ça pouvait pas attendre. Et puis il était tard. Plus vite elle appellerait, mieux ça vaudrait.

Elle entra dans la cabine. Josepha attendait dehors. Un couple soucieux se présenta. Vous attendez ? dit la femme. Elle en a pas pour longtemps, dit Josepha. Oui, mais vous, vous attendez ? dit l'homme. Oui, dit Josepha, on est ensemble. Marguerite cherchait son agenda. Elle ouvrit la porte. J'en ai peut-être pour un moment, dit-elle, mais vous avez une autre cabine en bas de la rue, à gauche, à cent mètres. Ah bon, merci, dit la femme inquiète, serrant son portefeuille et sa télécarte. Le mari, soucieux en arrivant, avait l'air furieux, peut-être un gosse malade. Josepha riait discrètement. Le couple descendit la rue jusqu'au carrefour. À gauche, en effet, il y avait une cabine. Ils allongèrent le pas, s'y tassèrent tous les deux. Marguerite cherchait sa télécarte. Josepha attendait dehors. Une jeune fille se présenta. Vous attendez ? dit-elle. Elle en a pas pour longtemps, dit Josepha. Oui, mais vous, vous attendez ? dit la jeune fille. Muir ne trouvait pas sa télécarte. Elle ouvrit la porte. J'en ai peut-être pour un moment, dit-elle, mais vous avez une autre cabine en bas de la rue, à gauche, à cent mètres. Josepha se tordait de rire. La jeune fille descendit la rue jusqu'au carrefour. En effet, à gauche, il y avait une cabine. Elle était occupée par un couple. La jeune fille s'arrêta devant la porte, l'air d'attendre. Le mari dut sentir sa présence, il se retourna, puis ouvrit la porte. On en a pour un moment, dit-il mais vous avez une autre cabine en haut de la rue, à cent mètres, à droite. J'en viens, dit la jeune fille, une Africaine avec une coiffure, un chignon d'une complexité, extraordinaire : Elle est occupée. Je sais, dit l'homme, mais allez-y quand même, elle a peut-être terminé. L'homme semblait très inquiet.

Muir engagea sa télécarte. Une 120. Au recto figurait une réclame pour Roland Garros, deux raquettes confondues en forme de cœur avec deux manches croisés, ça rappelait un pendule de sourcier, Championnats internationaux de France 1995, 29 mai-11 juin. Muir, en attendant que ça sonne, se demanda qui avait gagné. Josepha attendait dehors. Ça sonnait. Un instant elle pensa le lui demander. Suzanne décrocha.

Est-ce que je peux parler à Georges ? Tiens, pensa Suzanne, elle l'appelle Georges. Suzanne dormait debout mais, s'agissant de Georges, elle entendait tout. C'est mademoiselle Muir ? Oui, je sais, il est très tard, mais est-ce que je peux lui parler ? Il est sorti.

Encore au cinéma ? pensa Muir, il y passe sa vie. Non, il n'était pas au cinéma. Suzanne préféra se taire.

Il faut que je vous parle, dit Muir. A moi ? maintenant ? c'est que. S'il vous plaît, juste un instant. Ma foi, écoutez, si vraiment vous pensez.

Josepha avait laissé son Opel près de la gare. Elle devait dormir chez Marguerite. Elle emprunta la rue qui longeait les tennis. Ensuite passa devant Lakanal, salua les grands hommes, puis se pauma. Elle avait tourné où il fallait pas, et puis y avait un sens unique, mais l'un dans l'autre, dix minutes plus tard, elles arrivaient, se garant devant chez Georges. Il y avait de la lumière. C'est rassurant une fenêtre allumée. Quelqu'un vous attend, pensa Muir. Elle ouvrit sa portière.

Attends-moi là, dit-elle, j'en ai pas pour longtemps. Mais enfin, c'est ridicule, qu'est-ce que tu vas lui dire ? T'occupe pas, attends-moi, je reviens tout de suite. Elle descendit de voiture, sonna, il était plus de minuit.

Suzanne alluma le perron. L'ampoule sous globe de la marquise illumina le rosier face à la porte. Les montants marron récemment repeints brillaient. Le rouge lumineux des roses causait avec le vert de l'herbe un contraste cru. Un carré d'herbe verte au milieu duquel s'épanouissaient les roses réveillées.

Suzanne parut dans la lumière, les pieds joints sur le seuil, buste penché hors de l'encadrement pour voir qui arrivait, elle le savait, s'en doutait, mais on sait jamais, puis, ayant vu qui, ce pouvait être Georges, mais Georges n'aurait pas sonné, il avait ses clefs, d'ailleurs ce n'était pas fermé à clef, c'était jamais fermé à clef, on sait jamais, il pouvait oublier ses clefs, mais ce n'était pas Georges, puis, ayant vérifié, elle fit signe d'approcher, comme ça, avec la main, sans sortir davantage, légèrement déséquilibrée : Entrez, entrez, disait-elle.

Marguerite voulut ouvrir le portillon. Suzanne encore d'un geste lui fit comprendre que la serrure était à l'intérieur. Marguerite passa son bras entre les barreaux de bois neuf, sa main tâtonna. Elle trouva la serrure, ouvrit le portillon. Puis, montant les deux marches, elle s'approcha. Peu à peu elle entrait dans la lumière.

Vous êtes exactement comme je l'imaginais, dit Suzanne. Elle n'était pas habillée pour la nuit, elle avait encore sur elle les vêtements qu'elle avait traînés toute la journée, elle avait juste jeté sur ses épaules un châle, ou plutôt un poncho de laine vert sombre, elle avait l'air comme ça d'une Française à qui on a offert un poncho de laine vert sombre, il faisait bon pourtant, la nuit était douce, mais elle avait froid, il y a des femmes comme ça, elles ont toujours froid, sommeil : Je comprends que mon Georges tienne à vous, dit-elle, mais ne restons pas là, on va se faire un bon thé, vous voulez ? Je vais encore pas dormir, pensa Muir. Suzanne reculait, Marguerite entra.

Les deux femmes passèrent dans le petit salon en mansarde, plafond bas de lattes blanches, long canapé d'angle lui aussi vert sombre, sous une bibliothèque d'environ huit cents livres, face au téléviseur noir, sous un dessin à l'encre dans un cadre doré, à gauche de la fenêtre allumée.

Josepha regardait la fenêtre. Une voiture s'arrêta à hauteur de l'Opel. Georges, penché à droite, s'apprêtait à baisser la glace pour dire à ce gêneur : Vous ne pourriez pas vous garer ailleurs ? je voudrais bien rentrer chez moi. Il reconnut Josepha, serra le frein à main, se détacha, descendit.

Sa voiture était au milieu de la rue, le moteur tournait, le ventilateur venait de se mettre en route, dégageant de l'air chaud par les ailes.

Alors c'est vous ? dit-il. Qu'est-ce que vous faites là ? vous m'attendiez ? Mais non, dit Josepha, j'attends Marguerite. Ah bon ? dit Georges. Il s'appuya à la portière. Votre voiture, vraiment, dit-il, l'air de dire Quelle horreur : Mais vous, par contre. Il passa la tête à l'intérieur. Josepha souriait. Sa ceinture de sécurité, genre Cœur croisé, faisait exagérément ressortir ses. Je vais vous libérer, dit Georges. Il appuya sur le bouton rouge. La ceinture se détacha puis fila se planquer, l'air de dire c'est trop immoral, je ne veux pas voir ça. Josepha avait le sourire. Elle portait un pull de soie très décolleté. Georges l'empoigna. Avec une sorte de lenteur à peine brutale, il lui avait saisi la nuque. Il lui tirait les cheveux. Josepha avait le sourire. Elle laissait aller sa nuque. Georges ne tirait pas vraiment, juste comme ça pour le plaisir de sentir le jeu mouvant, libre, de la nuque. Il relâchait les cheveux, les reprenait, les massant, les malaxant. Elle souriait toujours. Elle avait de belles dents. Elle sursauta au coup de klaxon. Georges se retourna. Attends-moi, dit-il.

L'autre voiture, une Nissan, mais peut-être était-ce une Toyota, ou une Honda, en tout cas une japonaise très large, était bloquée derrière la sienne. A l'intérieur, un homme, un voisin. Georges le connaissait pour lui avoir parlé au moins une fois. A propos d'un mur mitoyen. Le mur menaçait de s'écrouler. Un prof de maths, pas sympathique du tout. Sa femme aussi était prof. Il devait se charger de refaire le mur et puis finalement rien, plus de nouvelles.

Georges un instant pensa lui rappeler l'histoire du mur et puis finalement non, il fit sa manœuvre, se gara plus loin, ferma sa voiture.

Josepha dans l'Opel mesurait son état d'interdite ravie, un peu outrée, pas trop, enfin si, quand même. Elle avait envie de lui dire : T'es vraiment, ou bien : Vous êtes vraiment un beau salaud. L'envie aussi de ne rien dire. Ce qu'elle fit. Elle le laissa revenir, s'asseoir à côté d'elle.

Quand ils firent irruption dans le salon comme deux vieux complices un peu ivres, enlacés, Suzanne et Marguerite prenaient le thé. Elles s'arrêtèrent de parler, se retournèrent, levant les yeux sur eux. Chacune pensa ce qu'elle devait penser. Muir protesta à sa manière, muette, rentrée, se détournant. Suzanne ouvertement : Ah, parce que maintenant tu les ramènes à la maison ? Mais non, dit Georges, c'est la copine de Marguerite, c'est comment déjà ton nom ?

Josepha, dit Josepha, puis : Excusez-moi, madame, mais j'ai terriblement soif, si vous pouviez me donner un grand verre d'eau.

Mais bien sûr, dit Suzanne, suivez-moi jusqu'à la cuisine tout en long, avec dedans tout ce qu'il fallait pour être heureux, de quoi connaître son bonheur, une table en bois traité, nuance pain de campagne, ou pain brûlé, des chaises paillées, un frigo-congélo, un lave-vaisselle silence, cuisinière mixte, EDF-GDF, plein de placards pratiques partout, carrelage hypnotique, labyrinthique, qu'on arpente pieds nus la nuit quand on ne trouve pas la sortie du sommeil, Vélux donnant sur le ciel étoilé, évier deux bacs avec deux robinets dont un, le bleu, remplissait d'eau froide un grand verre, s'il vous plaît.

Pendant ce temps. Dans le bureau où Georges avait entraîné Marguerite, ça bardait.

Vous allez me dire ce que vous faites chez moi ? Georges criait. Ah non, dit Muir, ne criez pas, parce que si vous criez moi aussi je vais me mettre à crier, or il n'est pas question que nous criions, avec deux i, pensa-t-elle, devant les deux autres, je veux dire votre femme et Josepha. A propos, c'était comment ?

Pas mal, dit Georges, inutile mais pas mal. Je précise : inutile pour vous et moi, pas pour elle. Pour elle si, c'était utile. Je la voyais venir, j'étais sûr qu'un jour ou l'autre elle essaierait de m'avoir, j'ai pris les devants, comme ça c'est fait. Maintenant allez-vous-en, et je ne veux plus jamais vous revoir, t'as compris ?

## PHASE 6

### Autres vérifications avant décollage

- atterrisseur frein de parking,
- levier sur sortie si train rentrant,
- contact 1 + 2,
- contact général enfoncé,
- contact alternateur enfoncé,
- correcteur enfoncé,
- carburateur réchauffe enfoncé,
- compensateur position décollage,
- trois commandes libres et dans le bon sens,
- huile, pression éteinte,
- harnais, attaché et serré,
- essence réservoir ouvert, autonomie suffisante, pompe électrique branchée,
- volet au premier cran verrouillé,
- verrière bien fermée, verrouillée,
- extérieur : rien ne gêne autour de l'appareil,
- électricité charge, ampermètre,

– réglage : conservateur de cap,
– réglage : altimètre,
– en hiver, c'était l'été, réchauffage carbu pendant vingt secondes avant de pénétrer sur la piste.

## 17.

Vous me faites mal. C'est ce qu'on entendait dans le cabinet du docteur Muir. Ça se répétait. Ça avait commencé dès le lendemain. Un patient eut à se plaindre d'elle.

Avant de s'en aller, séparé d'elle par le bureau où elle était assise notant sur son éphéméride le rendez-vous prochain : jeudi même heure ? il le lui fit remarquer, gentiment, comme ça, en souriant, l'air de lui dire : Vous m'avez quand même fait mal, soulignant son quand même, mais n'osa pas lui demander ce qui se passait, mit ça sur le compte de la fatigue, ou les nerfs, elle a ses nerfs, se disait-il.

Muir était très nerveuse, une certaine couleur dans le regard, quelque chose d'étonnamment déterminé, dans quel sens, ça, ça ne le regardait pas, ou plutôt si, ça le regardait, ça lui fit même un peu peur, elle avait une façon de le fixer, comme si elle eût voulu, oh non, quand même pas, allons. Allez, à jeudi.

Ça empira les jours suivants. Ça augmentait en fréquence et en intensité. Quasiment tout le temps. Les mains se levaient mais elle insistait, comme pour leur dire : vous savez, votre petite douleur, comparée à la mienne, c'est vraiment pas grand-chose, à votre place je la fermerais : Vous pouvez fermer. Rincez-vous.

Jusqu'au jour où ça a mal tourné. Rien de grave pour le patient. Pour lui, ce fut seulement un peu embarrassant. Elle ne l'aimait pas. On ne peut pas aimer tous ses clients. Certes, mais là, à bout de nerfs, elle le charcutait.

Le type à son tour s'énerva. Y alla de son : Vous me faites mal, même très mal. Le très était de trop. Elle le plaqua là.

Déboutonnant sa blouse, elle se dirigea

vers la porte, l'ouvrit, se retourna. Elle avait laissé le type allongé, bouche ouverte. Vous pouvez fermer, lui dit-elle de là-bas, près de la porte ouverte. Ne bougez pas, on va s'occuper de vous. Puis, sortant, referma.

Elle traversa le couloir, jeta sa blouse, attrapa sa veste, l'enfila, prit son sac, frappa puis sans attendre entra chez Josepha. Elle était occupée, une petite vieille, un dentier impossible à régler, elle n'arrêtait pas de vieillir. Je te laisse un type chez moi, dit Muir, si tu veux bien le finir, moi je m'en vais, je te ferai signe. Mais où tu vas ? hein ? où tu vas ? enfin quoi, dis-moi où tu vas ! dit Josepha.

Décidément, le miroir de l'ascenseur. Et le parking alors ? Deux degrés sous zéro. Un caveau de famille. La fosse commune. Et dehors il faisait si beau. Justement, va donc voir là-haut, grouille-toi d'ouvrir ta tire.

Elle démarrait mal à chaud. Le moulin était encore tiède. Faut au moins quatre heures pour refroidir un moteur. Elle n'allait pas attendre quatre heures. Elle recommença.

Elle tirait sur le démarreur. Le moulin cahotait puis de nouveau calait. Elle insistait. Elle le noyait, ça puait l'essence, elle cessa. Faut laisser sécher, pensa-t-elle. Faut que tout ça se décante.

Là-haut, presque libre, elle fit une fausse manœuvre. Elle avait mal visé. Elle s'arrêta un peu trop loin du bouton qui déclenche l'ouverture de la porte. Trop à droite. Baissant sa glace, sortant son bras, l'étirant au plus loin, une tension proche d'un bras d'écartelée, elle se rendit compte qu'elle n'atteindrait jamais le bouton, vit ça comme un signe. Muir avait horreur des signes.

Elle ouvrit sa portière, descendit, pressa le bouton, lequel déclencha la levée du panneau basculant, celui-ci changea de plan, il était vertical, obstruant, obturant, un empêcheur, il passa à l'horizontale, donnant à voir l'avenue, le ciel, les couleurs, le moteur cala.

Muir se remit au volant. Le temps qu'elle remette en route, la porte se referma. Elle recommença. Elle répéta la manœuvre.

Démarreur, bouton, porte. Le moteur recala. Il le fait exprès, ce con, pensa-t-elle. Non, il voulait la prévenir, il lui disait fais attention, ma fille, t'es en train de faire une connerie.

Une BMW arrivait derrière elle, pleins phares, moteur ronflant très joliment, elle s'arrêta, attendit, un peu, puis klaxonna à l'italienne. Le type était pressé. Muir était trop à droite. La BM ne pouvait pas passer. Il serra son frein dans la pente, descendit, vint voir.

Tête carrée grisonnante, corps bien entretenu, footing le dimanche, foulard dans la chemise, pull de chez Machin.

Je suis calée, dit Muir. Je vais vous pousser, dit l'homme. Vous ne craignez pas pour le pare-choc ? dit Muir. Je changerai de voiture, dit l'homme. Il avait les moyens. Je pensais au mien, dit Muir. Voici ma carte, dit l'homme, puis la poussa vers la sortie.

Elle prit à gauche dans l'avenue de Fontainebleau, passa le périphérique. Il faisait chaud. Elle avait baissé les deux glaces à l'avant. Elle était en plein courant d'air. Ses cheveux bougeaient vite et tout le temps. Le temps qu'elle porte la main à ses yeux, la mèche allait se plaquer ailleurs. Sans y penser, tout occupée à se désaveugler, elle retournait dans le quartier Italie, elle roulait vite, d'une main, une démangeaison permanente dans les cils.

Elle contourna la place, descendit vers les Gobelins, en passant devant le cinéma. On projetait encore un film de guerre. Sans avions, cette fois. La guerre à terre. L'affiche montrait un sergent, peut-être un lieutenant, américain, la bouche grande ouverte, hurlant, probablement un ordre : Allons-y les enfants, ou repliez-vous, nom de dieu, repliez-vous, on laisse les blessés ? laisse-le, je te dis, il est mort, je te dis qu'il est mort, ou bien gueulant Saloperie de guerre, la jugulaire du casque pendait, libre, défaite.

Muir ne lut pas le titre, pas le temps. Revit tout de même le petit café. Pas si petit. Où avec Georges. Elle avait essayé de parler. Ça sert à rien. Ça n'avance à rien. Ça fait plus de mal que de bien. Eut envie de s'arrêter, pensant que peut-être. Il s'y trouverait ? Pourquoi s'y serait-il trouvé ? Comme s'il suffisait de le souhaiter. Non, ma fille, tu rêves. Et puis s'arrêter pour quoi dire ? hein ? pour quoi dire ?

En bas des Gobelins, l'idée de s'embarquer dans le quartier Latin, non, elle prit à droite dans Saint-Marcel, le suivit jusqu'au bout, déboucha dans le boulevard de la Gare, hésita une seconde puis tourna à gauche, à droite c'eût été revenir, elle partait, elle visait la gare, elle l'ignorait encore mais c'est bien la gare qu'elle visait.

C'est traversant la Seine qu'elle se rappela l'horloge. Elle doit être là, pensa-t-elle, comme la mer à la fin de la terre, ressassant, inlassable, un tic-tac inaudible pour quiconque, comme la mer pour personne, une mécanique, qu'on soit là ou qu'on soit pas là.

Elle était là. Muir arriva en vue de la pendule. Il était quelle heure ? Elle rangea sa Volvo dans le parking, puis, nez levé sur les complications de cette horloge affreusement maniérée, elle se dirigea vers les portes donnant accès à ce qu'il est convenu d'appeler DÉPARTS.

La gare était comme toutes les gares. Une gare, quand on a dit ça on a tout dit. Il suffit d'en voir une, on les a toutes vues. Toujours les mêmes gens qui regardent en l'air, attendent, partent, reviennent.

Comme la plupart, elle se planta sous le panneau d'affichage, lut les cinq premières lignes, jusqu'au moment où, pas décidée, elle allait se détourner, la sixième s'inscrivit dans un bruit mécanique : Clac-clac-clac-clac, bruit de machine à sous, de lettres qui se cherchent, hésitent à former certains mots, tout devient possible, toute phrase, pourquoi pas je vous aime Marguerite, comme cette pub à la noix ? ce sera celui-là, pensa Muir.

A la terrasse du buffet, chaise troquet, guéridon en faux marbre encerclé de similicuivre, elle commanda un café double. Double ? Oui, double. Un double express, enregistra le garçon.

Il y avait ce pilier, cette colonne. Muir regardait les gens qui se retrouvaient, des enfants déjà vieux accueillaient une grand-mère, une vieille tante, l'entouraient, l'aidaient, bon voyage ? pas trop fatiguée ? un couple se reformait, l'homme avait fini d'attendre, sa femme rentrait, il voulut porter la valise, elle accepta, il l'embrassa encore une fois, il était tellement content, ça se voyait, il l'embrassa encore, la femme était gênée, le genre à ne pas aimer qu'on la serre de trop près en public, qu'on l'enlace, quoi, qu'on l'embrasse, mais lui s'en foutait, il lui serra la taille, tous les deux s'en allaient comme ça, Marguerite les suivait, puis, quand il ne fut plus possible de les suivre, elle se retourna et vit Georges.

Il sortait de derrière la colonne. Elle le voyait qui avançait. Il était là, il approchait. Puis disparut quand le garçon posa l'express double sur le guéridon, glissant sous la soucoupe le ticket de caisse.

Elle n'avait pas de billet. Renonça à comprendre comment les trucs à écran qui en vendent fonctionnaient. Elle régla ce qu'il fallait dans le wagon. Ça filait déjà, enfermée dans la vitesse. Voiture 5, place 42. Elle avait choisi la vue la plus panoramique. Le paysage partait, ça glissait ou fuyait, disons que ça tournait.

A part ça, elle pensa. Elle pensa comme on pense dans un lieu qui roule et quand les portes sont condamnées. Elle pensa pendant des heures. Presque cinq et puis, suivant l'amorce du ralentissement qui, chose curieuse, correspondit à celui de son cœur, endormissement doublé d'une extinction de la pensée, elle vit loin sur la droite se profiler le port, la lumière était belle, le ciel doux, bleu et quelques nuages, une jolie dorure pâle faisait briller la coque rouge et noire d'un long cargo.

Oui, c'était beau. Puis un taxi la déposa

devant l'hôtel. Exemplaire d'une grande chaîne délicieusement meublé. Style persistant d'une ville à l'autre. Seules les couleurs changeaient. Rappel des années trente peut-être.

Chambre 512. Couvre-lit et rideaux faits d'un tissu brun rouge à motifs végétaux nets, calmes, bien rangés, tout était tranquille, en silence, impeccable, les deux téléphones, la télé, le bar, la fenêtre, la lumière au travers du voile blanc orangeait le bleuté de ce qui devait être au-delà le ciel, le bureau à sous-main, de quoi grandement désespérer.

Muir ? désespérée ? Non. Elle fit, s'étant retenue pendant des heures. Les toilettes du TGV repoussantes car bouchées. Se lava les mains. Elle se recoiffait. Elle n'arrivait pas à faire tenir en place sur son front une mèche de la frange. Renonça, se disant après tout je m'en fous. Elle parlait à la glace. Autoportrait ? Va savoir. En tout cas un visage. Son visage se creusait.

Epuisée ? elle ? Oui. Elle avait besoin de

dormir. Manger puis dormir. Dîner dehors et revenir dormir là.

C'était vide. Quand c'est vide, on se demande pourquoi. Choisir une table. Elle pouvait se mettre là où là, ou là, pourquoi pas ? ou bien près du, ou de la, de la quoi ? Il n'y avait rien. Rien près de quoi elle eût pu souhaiter se mettre. Les appliques uniformisaient tout. Juste une femme négligée derrière le bar qui lui disait mettez-vous là, vous serez bien.

Où ça ? pensa Muir. Quand la patronne est négligée. Oui, le reste l'est. Mais c'était bon, laid mais bon, mal présenté. Elle eut besoin de se refaire une beauté. Elle demanda où se trouvaient les toilettes. Son sac à main était sur la banquette, à sa gauche. Elle le prit, s'aventura par là. Ça se passait derrière un rideau.

Elle écarta le rideau et, derrière le rideau, il y avait la pénombre et, dans la pénombre, il y avait une grande table et, autour de la table, deux vieilles assises qui épluchaient des champignons, aidées en cela par un débile profond, pas si profond, un mongolien disons, c'est lui qui répondit quand Marguerite demanda de nouveau les toilettes, il souriait, il la trouvait jolie : Qu'est-ce que je fais ? pensa Muir, je me trouve mal ? je m'évanouis ?

Là-haut elle se parla. A celle qu'elle avait en face d'elle. Se passa de l'eau sur la figure. Elle s'exhortait au calme. Elle se parlait, se remontait le moral, essayait, puis elle redescendit, dîna. Eut droit à la visite de courtoisie du patron en maillot de corps, le torchon sur l'épaule. Il mâchait quelque chose. Vous ressemblez à José van Dam, lui dit Marguerite, cette fois pas loin du désespoir. Ah bon ? et qui c'est, ça ? répondit le sosie de José. Peu importe, donnez-moi l'addition. Elle régla, s'en alla.

Puis se battit avec sa chambre, presque toute la nuit, s'endormant vers quatre heures. Le téléphone était là. Un de chaque côté du lit. Où qu'elle se tournât, il était là. Elle s'est battue avec ça, avec les murs, ce qu'il y avait aux murs, des cadres et dans les cadres des abstraits reproduits en couleurs allant avec le reste, la lumière électrique, l'envie de l'appeler, la peur de le réveiller, l'envie de dormir, non, pas de se tuer, d'ouvrir la fenêtre, ce qu'elle fit avant de se mettre au lit, elle voulait entendre le bruit de la rue, l'écouta, arpentant, moins seule avec ce fond de trafic, un fond de whisky, histoire de se rappeler qu'avec lui, mais pas de se tuer, non, juste une seconde quand elle ouvrit, du cinquième ça fait peur, une grande fenêtre, haute, large, juste un frisson d'effroi, de froid, la referma.

Elle ralluma seulement la lampe à peu près toutes les heures, fuma. Ça, pour fumer, ses Craven A.

Repartant, elle était contente, elle s'était bien battue. La chambre ne l'avait pas eue. C'est elle qui l'avait eue. La chambre restait, Marguerite partait. Elle était contente et, se retournant dans la rue sur l'enseigne de l'hôtel, cherchant la fenêtre sur la façade, elle souriait, opinait et pensait oui, on s'est bien battues : tu croyais m'avoir mais c'est moi qui t'ai eue : je pars, il fait beau, l'air est doux, je rentre.

BEAU TRAVAIL, LES ENFANTS : ON RENTRE À LA BASE.

Dans le train du retour, assise à côté d'un homme qui ressemblait à Gainsbourg lisant un ouvrage d'architecture, elle réfléchissait à l'inutilité. Elle savait maintenant où elle devait se rendre, se disant c'est là que j'aurais dû aller.

Cinq heures plus tard, elle y était presque. Elle monta dans sa voiture, qui, froide, démarra. Une heure et demie après, elle s'y trouvait, retrouvait la campagne, la sienne, son ciel, elle était très contente, d'un contentement simple, inutile de l'expliquer, ce serait le compliquer. Il était tard. La nuit tombait. Le ciel était assez romanesque, des couleurs de fin de jour, de fin d'histoire.

Elle venait le voir. Il n'y avait plus personne, seulement le silence ballotté par le vent, le rompant quand il vient vous frotter les oreilles. Elle alla frapper chez le gardien.

Le vieux Sikorsky, homonyme du constructeur d'hélicoptères, ce même hélicoptère que le copain pilotait pour venir secourir son ami dans Les Ponts de Toko-ri pour finalement se faire tuer avec lui en tirant sur l'ennemi avec un très gros revolver, lisait son journal dans la cuisine.

Il ouvrit. Ses lunettes embrouillaient la vision qu'il avait. Il les fit descendre sur son nez, ses yeux s'illuminèrent. Mademoiselle Muir, s'épata-t-il, c'est vous ? c'est bien vous ? ça alors, ça fait combien de temps ? Je viens le voir, dit Muir, vous pouvez m'ouvrir ?

Il la précéda jusqu'au hangar, déverrouilla la petite porte piétonne, puis, voyant la tête que Muir faisait, jugeant des pensées qu'il y avait dans cette tête, jolie tête, il n'en avait jamais douté, d'ailleurs qu'il en doutât ou pas les pensées qu'il lui supposait suffisaient à la rendre belle ; à son âge, seules les pensées l'intéressaient, il la laissa seule.

Elle entra. Dehors, donc, il y avait le silence, le vent, l'herbe rase du terrain, la nuit certaine, les couleurs mourantes du grand ciel, Georges eût très bien pu imaginer cette scène, il avait vu tellement de films de ce genre-là, où l'on voit des pilotes, à la veille du combat, se recueillir, voilà, c'est ça, le recueillement, on réfléchit à ce qu'on est, à ce qu'on sera après, si on est après, si on sera, enfin bref, une atmosphère méditative, et si ça suffit pas on envoie la musique, Lohengrin, La mort d'Isolde, Tannhauser, voilà pour le dehors.

Dedans, il était là. Muir n'alluma pas. La lente clarté du crépuscule lui allait à merveille. Il était là, seul. Grand, élégant, l'air d'attendre. Pas seulement l'air, il attendait. Comme toute chose attend qu'on la touche pour être chose. Une chose n'est rien sans la main qui la caresse, nous non plus d'ailleurs, on n'est rien, moins qu'une chose.

Il attendait sa main, ce grand animal sous sa bâche grise comme une vieille blouse, une quantité de blouses cousues pour en faire une grande à sa taille.

Elle venait le voir comme on va voir un cheval noir, le soir, avant la course du lendemain, ou quand l'héroïne a du chagrin, on va le trouver dans un silence tranquille, il est là dans son odeur chaude, aigre, de paille un peu souillée, on lui parle, elle le caresse en lui confiant ses petits malheurs, ses oreilles frémissent, s'orientent mais il n'écoute pas, il regarde ailleurs, un mouvement de tête à la rigueur. Il ne bougeait pas. Il attendait.

Mickey et les quatre autres avaient travaillé comme des chefs, qu'ils étaient, chacun dans sa spécialité, tout refait, retapé, impeccable, du moteur au train, le moindre câble, des maniaques, des obsédés, seule l'hélice dépassait de sous la toile. Quatre pales noires à extrémité jaune. Quand elle tournait, le jaune dessinait autour du flou central un joli liséré. Muir tira sur la bâche.

Un Spitfire d'un modèle différent mais néanmoins très proche de l'appareil qu'avait dû piloter Muir le père. Les ailes à moitié ocre et noir avec des raies blanches. Le fuselage camouflé sous des nuances de vert. La cocarde. Une française inversée avec en plus du jaune. Du gris aussi dans le camouflage. L'antenne radio. Le cockpit à facettes. Les sorties d'échappement. Un bruit infernal. Quatre mitrailleuses dans les ailes. Ne pas les oublier, celles-là, c'était pour détruire : Votre mission est de : Voilà messieurs, j'ai terminé, pas de questions ? alors bonne chance. Un grand B derrière la cocarde, puis, plus loin, en petites lettres et chiffres noirs, MH 434.

## 18.

Elle s'éveilla avec un trio, le premier de l'opus 9. Le vieux Sikorsky était devenu un familier de Beethoven le jeune, ça arrive quand on vieillit beaucoup, on finit par savoir ce qu'on aime, cette musique-là, pas une autre.

Elle traversait le plancher comme une couche de nuages, s'élevait, éblouissant celle qui dormait dans la chambre à l'étage, le son vibré des cordes, vibrato d'unisson d'une lumineuse beauté, frappait à la porte de ses yeux, autrement dit caressait ses paupières, les embrassait peut-être, réveillant son regard.

Qui s'ouvrit à l'odeur du café. Il y avait aussi le café : Quand vous serez réveillée, vous n'avez qu'à frapper, avec la canne qui est là, je vous monterai du café.

Sikorsky avait dit ça se retirant, lui laissant sa chambre et la canne. Il s'était procuré cette canne dans la perspective d'une infirmité, pensant qu'un jour ou l'autre une jambe ou l'autre le trahirait. Ça ne s'était pas produit. La toute fin serait sans doute une question de détail, pas besoin de canne, sinon pour appeler.

Et ce café alors ? ça vient ?

Elle attrapa une nouvelle fois la canne, frappa au plancher, un peu gênée de refrapper, mais de même qu'elle avait dit : Et ce café alors ? c'était gentiment. Elle refrappa.

Est-ce parce qu'elle frappait qu'elle n'entendit pas monter ? Toujours est-il, la canne à peine reposée contre la commode où souriait, rangée de biais sur un napperon brodé, Jeanne Sikorsky, née Collas, la porte s'ouvrit, doucement, d'abord lentement, puis d'un seul coup en grand.

C'EST NOUS !

Ils entrèrent en chantant C'est nous, un peu voûtés, sur la pointe des pieds, en file indienne, Mickey en tête, portant le plateau, puis se placèrent de front au pied du lit.

A deux mains elle ajusta ses cheveux, les rangea vite fait derrière les oreilles. Elle avait sa petite mine de chat crevé mais ses yeux brillaient de plaisir. Elle était contente de les voir, ces quatre abrutis, cinq avec Mickey, au centre, portant le plateau.

Ils attendaient, la regardant, en se dandinant comme des danseuses pour garder le rythme, et, comme rien ne se passait, sinon que tout le monde était ému, ils en poussèrent un autre à l'octave, c'était trop grave, tous ne purent pas le chanter, l'air de dire : Bah oui, quoi, c'est nous.

Ce qu'ils sont bêtes, mon dieu, ce qu'ils sont bêtes, ce que vous pouvez être bêtes, quand même, dit Muir : Ah, vous êtes très forts en mécanique, mais alors, quatre imbéciles.

Cinq avec Mickey, portant le plateau, les

autres l'aidaient, lui tenant les coudes, ils se tenaient les coudes, les deux premiers tenaient les coudes de Mickey au centre et les deux autres tenaient les coudes des deux premiers qui eux tenaient les coudes de Mickey, tout en dansant et en chantant c'est nous, c'était reparti, ils en faisaient trop, comme des mômes, mais ça semblait plaire à Marguerite, ça la faisait rire.

Quatre idiots, dit-elle. Et moi alors ? dit Mickey. Mais je vous aime bien, je vous aime beaucoup, vraiment beaucoup : allez, venez m'embrasser. Elle aurait mieux fait de se taire.

Ils se jetèrent sur le lit, deux de chaque côté, ils se battaient pour l'embrasser, sur le front, le bout du nez, ils la couvraient de baisers, ça durait, elle essaya de les chasser. Oh, oh ! dit Mickey, et mon plateau ?

Bah oui, dit Muir, son plateau, mon café : Allez, écartez-vous, laissez-le avancer. Aidez-moi plutôt, dit Mickey. T'aider à quoi faire ? A sortir les pieds. C'était un plateau avec des pieds escamotables, rentrants, voilà, comme un train d'atterrissage.

Train sorti, le plateau se posa sur, les enveloppant, les jambes de Marguerite. Sur le plateau, il y avait, Sikorsky n'avait rien oublié, enfin j'espère, se disait-il, les regardant tous, personne ne l'avait remarqué, pourtant il était là, debout près de la porte, sa jambe gauche semblait lui faire mal, Marguerite le vit quand il alla chercher la canne appuyée contre la commode où souriait Jeanne.

Jeanne ne sortait jamais le service à café, ou alors c'était rare, quand elle estimait que ça valait le coup, comme une bouteille de très bon vin, on la garde pour une grande occasion et l'occasion ne vient jamais, même en étant moins exigeant sur la grandeur de l'occasion, de moins en moins, on se contenterait même d'une petite occasion de rien, mais non, certaines femmes n'aiment pas le plaisir, or c'eût été un plaisir que de le boire avec elle, donc le vin s'est perdu, mais pas le beau service, c'est ça qu'est bien avec la porcelaine.

Roger, c'était son prénom, Roger Sikorsky, lui, jugea que ça en valait la peine. N'ayant plus toute la vie devant lui, artistement il disposa tout ça sur le plateau, il avait rempli la cafetière, glissé dans le col étranglé d'un soliflore une fleur, une blanche, ne s'était pas trompé, Marguerite adorait les fleurs blanches, les jaunes aussi, du pain grillé, deux tranches, ce fut l'occasion de refaire fonctionner son beau toasteur chromé, lui aussi en attente, si des fois on mangeait du saumon, enfin bref, tout ça avec amour, faut dire que Marguerite lui rappelait Jeanne au même âge, quand le dimanche il lui servait au lit son petit déjeuner.

Bon, dites-moi, les gars, dit-il, si vous la laissiez boire son café ? Ils se retirèrent faisant des sourires à reculons, des petits gestes comme on quitte la chambre d'une malade.

Malade, Muir ? non, au contraire, elle allait bien, même très bien, elle était contente, très contente, dans son lit, avec son café, la musique montait, il ne lui manquait plus qu'une cigarette, ça viendrait, il suffisait de frapper : Ah bah non, pensa-t-elle, Sikorsky a emporté la canne.

Elle se leva pour ouvrir la fenêtre. Elle voulait entendre mieux le bruit du moteur des avions. Deux appareils, à peu près du même modèle, attendaient de pouvoir pénétrer sur la piste, le premier était vert et blanc, le second rouge et blanc, c'était joli, les hélices tournaient dans le soleil, l'air vibrait, semblait vibrer d'une sorte d'impatience, non pas semblait, l'air en effet s'impatientait.

Elle descendit en pyjama, dans le pyjama de Roger, le beau qu'il ne mettait jamais, trop beau pour ce que c'est faire, demanda les toilettes à Roger, fit la sienne, s'habilla, puis à Roger elle demanda s'il avait une cigarette, je n'ai que ça, dit-il, l'air de dire c'est pas un tabac de femme, si, si, ça me va, dit Muir, elle le laissa la lui allumer, enfin, lui donner du feu, allumer soi-même la cigarette de l'autre c'est bon pour les gens qui s'aiment, Jeanne ne supportait même pas qu'il lui apporte ses cigarettes, alors vous pensez, encore moins qu'il les lui allumât lui-même, puis lui demanda si elle pouvait téléphoner.

## 19.

Quand un rosier trop vieux ne donne plus rien, dégénère au point de faire pitié, faut l'arracher, ça fait pas plaisir mais faut le faire, un dimanche matin, à dix heures, le soleil était encore caché derrière la maison des voisins.

Georges, plié en deux, tirait sur la souche, elle se laissait pas faire, il avait mal aux reins, elle s'accrochait, ça le bouleversait, car si à l'extérieur tout ça était bien mort, à l'intérieur elle était bien vivante, elle résistait, l'air de lui dire, je suis comme toi, alors fous-moi la paix, il entendit le moteur.

Il aurait préféré le bruit d'un avion, lointain, léger, s'atténuant jusqu'à s'évanouir, il eût mélancolique levé les yeux au ciel, ça n'était qu'une bagnole. Une voiture se rangeait devant chez lui, sur son bateau.

Avec véhémence il était prêt à protester, sur le point d'engueuler l'insolent qui osait, c'était une insolente, il se retourna, reconnut l'Opel de Josepha.

Elle descendit de voiture, la verrouilla d'un coup de télécommande, puis, s'approchant du portillon, sonna.

Inutile de sonner, dit Georges, je suis là, vous voyez pas ? je suis là, vous m'aviez pas vu ? Si, dit Josepha, enfin non, enfin bref, fallait pas ? ça use la sonnette ? l'électricité ? vous pensez à la note ? vous voulez que je participe ? j'ai un peu de monnaie, non sérieux, vous voulez ?

Toi, ma salope, pensa Georges. Continuez, dit-il, vous m'intéressez. Y a un début à tout, répliqua Josepha, vous jardinez ? Qu'est-ce que vous voulez ? dit Georges, pas au sens de Que voulez-vous, il faut bien, non, pas du tout, il lui demandait ce qu'elle venait foutre.

Elle avait compris. Je viens vous chercher,

dit-elle. Moi ? dit Georges, pour quoi faire ? pour aller où ? Pas seulement vous, dit-elle, je me serais pas déplacée. Seul ou à deux, dit Georges, je répète : Pour quoi faire ? pour aller où ? Là-bas, dit Josepha. Où ça ? dit Georges. Il avait les mains dégueulasses. Il avait envie de les essuyer sur le pantalon clair de Josepha. On devine l'endroit : Où ça ? répéta-t-il : Vous avez l'intention de me faire répéter toutes les questions ? je répète : Où ça, là-bas ?

Où se trouve Marguerite, dit Josepha. Qui ça ? dit Georges. Arrêtez vos conneries, dit Josepha, c'est elle qui m'a demandé de venir. Pour quoi faire ? dit Georges. Elle veut que je vous conduise là-bas, dit Josepha. Où ça ? dit Georges. Au terrain. Pour quoi faire ? Josepha répondit : Elle vole ce matin, elle aimerait bien que vous, enfin, Suzanne et vous.

Georges la regardait, il la trouvait suffisamment vulgaire, ce qui d'ordinaire lui plaisait, mais là il ne ressentait rien, elle lui plaisait mais ne lui était rien et, quand on se trouve devant une femme qui vous plaît mais ne vous est rien, eh bien : il eut l'envie violente de revoir Muir.

Ah, c'est vous, dit Suzanne, se tenant debout sous la marquise : je me demandais à qui tu parlais. A elle, dit Georges. Cette façon qu'il eut de dire : à elle. Josepha reçut ça comme une gifle. Elle pensa quel salaud.

Le salaud ajouta : Figure-toi que mademoiselle Muir aimerait nous emmener faire un tour, qu'en penses-tu ? C'est une excellente idée, répondit Suzanne. Eh bien, c'est comme si c'était fait, résuma Georges : asseyez-vous donc au soleil, on est à vous dans cinq minutes.

## 20.

S'appuyant sur une canne, le vieux Sikorsky sortit de sa cuisine où mijotait une blanquette de veau pour accueillir les occupants de l'Opel.

Georges le premier descendit, se retourna, bascula le siège, tendit, offrit sa main comme un monsieur bien, puis aida Suzanne à s'extraire.

Josepha, de son côté, les yeux tournés vers le ciel, pensive, respirait déjà le grand air, un air frais secoué par des coups de vent.

Mademoiselle Muir est en vol, dit Sikorsky. De son perron, il dominait les autres. Il avait de l'allure avec sa canne. Un héros infirme, un MacArthur sans uniforme, sans casquette, sans lunettes. Elle fait un tour, dit-il, un baptême, non, une initiation, il ne faut plus dire baptême, maintenant on dit un vol d'initiation : retour prévu à onze heures trente.

On va l'attendre sur le terrain, dit Josepha : Et vous ? vous allez bien ? mais, dites-moi, je vois que vous avez une canne, vous n'aviez pas de canne la dernière fois. C'était la dernière fois, pensa Sikorsky. J'ai pris cette décision, dit-il. Las de ne pas savoir comment tout ça allait finir, fatigué d'ignorer comment sa toute fin allait commencer, il avait décidé que ça commencerait comme ça, par la jambe gauche qui lui ferait mal.

Bon, alors, à tout à l'heure, dit Josepha. Vous venez ? dit-elle aux deux autres. Sikorsky allait rentrer dans sa cuisine, l'odeur de la blanquette, il se retourna, rappela Josepha : N'oubliez pas, dit-il, je vous attends tous pour déjeuner, pas plus tard qu'une heure, la blanquette n'attend pas. Vous aussi, bien sûr, dit-il aux deux autres. Puis à la cantonade : Ne vous attardez pas.

Suzanne n'était pas chaude. Georges, lui,

était ému, pas à cause de la présence là-haut de Marguerite, non, pas encore, chaque chose en son temps, la grande émotion il se la gardait pour tout à l'heure, il y pensait mais comme en se retenant, comme pensant j'y penserai tout à l'heure.

Pour l'instant, il était comme un môme à la fête, qui ne sait plus où donner de la tête, ou plutôt qui ne sait pas où il va bien pouvoir donner de la tête, il n'avait encore rien vu, il entendait les moteurs, il devinait, il imaginait.

Une petite tour de contrôle. Une manche à air, presque à l'horizontale, les deux femmes retenaient leurs cheveux. Une piste en biais là-bas au bout et un avion qui décollait. La réplique exacte, ou un modèle entièrement restauré, un appareil d'observation allemand, extrêmement lent et qui luttant contre le vent, à quelques mètres au-dessus du sol, paraissait suspendu, immobile, moteur hurlant. Suzanne tira Georges par la manche : Alors, tu viens ?

A gauche, il y avait les hangars. Le long des hangars, deux avions, l'un derrière l'autre, un Socata, un Tobago, hélice tournant, moulin chauffé, attendaient l'autorisation de décoller. Le ronflement des deux moteurs augmenta soudain en puissance. Georges se retourna sur eux. Au fond du hangar de gauche, il vit le Spit de Muir.

T'as vu ? dit-il à Suzanne, un Spitfire, tu te rends compte ? c'est un Spit. J'y connais rien, répondit Suzanne, l'air de dire je m'en fous. D'être constamment décoiffée l'énervait. La pénible impression de retenir son image, de la voir s'envoler. Josepha rêvassait, les bras croisés.

Je vais le voir, dit Georges. Ah non, dit Suzanne, je t'en prie : tu restes là, parce que, sinon, moi je m'en vais, j'ai déjà froid. Josepha écoutait leur dispute. Bon, bon, dit Georges, calme-toi.

Il se rabattit sur un Cessna Skylane, immatriculé F-GS GF, garé sur l'herbe un peu plus loin, à quelques mètres. Bleu et blanc. Le vent le faisait bouger. On eût dit que la seule force du vent eût pu le faire voler.

Georges s'approcha, puis entreprit d'en faire le tour. En fit le tour plusieurs fois. Il s'arrêtait, se penchait sur le cockpit, très impressionné par la complexité de l'intérieur, il essayait d'identifier tous les cadrans, se disant : J'en ai toujours rêvé : je crèverai sans avoir piloté. Puis, l'ayant touché une dernière fois, il s'en allait.

Josepha vint le rejoindre. Elle aurait pu annoncer la même chose à Suzanne qui était près d'elle. Non, c'est vers Georges qu'elle se dirigea. La voilà, dit-elle, le bras tendu, le doigt pointé : Elle amorce son virage, là-bas, vous la voyez ? Marguerite allait atterrir. Dans deux minutes elle viendrait se ranger à côté du Cessna.

Peut-être était-ce la peur, ou simplement l'émotion, ou l'âge, les ennuis de vessie, le vent froid, ou tout ça à la fois, toujours est-il.

J'ai envie de pisser, confia Georges à Josepha, vous savez où c'est ? Elle imagina son petit machin tout rabougri : Là-bas, dans les bureaux, répondit-elle. Il s'éloigna, ça fuyait déjà un peu. Je vais pisser, dit-il en passant vite fait devant Suzanne. Quelle bonne nouvelle, ironisa-t-elle. Il était déjà loin. Marguerite se posait.

Il entra dans les bureaux, ne trouva d'abord personne, puis pénétra dans un où il y avait quelqu'un. Il demanda les toilettes à un jeune Antillais assez beau et très grand en blouson de pilote. Sa figure de héros de téléfilm était penchée sur un écran. Sans lever le nez, il indiqua à Georges les toilettes : La porte là, dit-il. Georges entra.

S'enferma, pissa, essaya. Il avait beaucoup de mal, trop envie, depuis trop longtemps, ça sortait pas, ça dura.

Il remonta se fermeture. Tira la chasse, en fait la poussa, fallait appuyer sur un bouton. Un large bouton chromé creux. Sortit du cabinet. Il était encore dans les toilettes. Son dos se voyait dans le miroir cinémascopique au-dessus des lavabos. Il s'apprêtait à sortir des toilettes.

Il eut une sensation bizarre, une impression à la fois nette et vague, quelque chose ayant trait à son corps dans ses rapports cachés avec le fait vestimentaire.

Elle n'est pas fermée, pensa-t-il. Georges y porta la main. La languette, la tirette, cette pièce qui permet de tirer, de fermer, était bien en position haute. Si, pensa-t-il, elle est fermée. Une seconde s'écoula. Il ne bougeait pas. Il allait sortir. Il voulait sortir, mais. La même impression s'attardait. La même désagréable sensation se prolongeait. Elle n'est pas fermée, pensa-t-il.

De nouveau, il vérifia. La petite pièce, ce petit rectangle de métal ou de plastique fixé à l'élément de jointure des deux lignes de dents était bien en position haute. Il avait donc bien remonté sa fermeture. Cependant la mauvaise impression perdurait. Alors ? qu'est-ce qui ne va pas ? Elle est ouverte, pensa-t-il, je le sens.

Il fallait vérifier plus explicitement. Ce qu'il fit. Avec sa main droite, plus franchement, il explora son pantalon. Il était ouvert. Conclusion ? La fermeture était cassée. Les dents séparées sans espoir. Une angoisse terrible le paralysa des pieds à la tête. Il n'osait plus sortir.

Calme-toi, se dit-il, ça va aller, ça ira. Il suffit de faire attention. Pas de mouvements brusques, pas de grands gestes, marchons sur des œufs. Puis, s'étant dit ça, il résolut de sortir des toilettes.

Marguerite se rangeait à côté du Cessna sous les yeux de Suzanne. Suzanne avait l'air abattu. Josepha plutôt jalouse mais heureuse de revoir Muir. Qui coupa le moteur, puis ouvrit le cockpit. Elle sauta de l'appareil, en fit le tour, elle avait le sourire.

Elégante, légère, elle avait retrouvé cette beauté si particulière, son profil altier, comme s'excusant pour toutes ces banalités, désolée d'être porteuse ou cause d'expressions si communes, un profil racé, un peu hautain, mais sans dédain, aucun, pour personne, elle ouvrit l'autre bord du cockpit puis les aida à sortir de l'avion.

Elle avait pris trois passagers, deux hommes et une petite fille. Les deux types, l'un grand avec des lunettes, l'autre également grand mais sans, étaient sous le charme, émus aussi à cause du vol, encore pleins des sensations du vol, mais surtout charmés par cette femme. Pour s'en distraire, ils feignaient de s'intéresser à ce que pensait la petite, elle était tout éberluée, comme descendue d'un supermanège : Alors ? c'était bien ? ça t'a plu ? on reviendra ? mais bien sûr qu'on reviendra, ne serait-ce que pour revoir cette femme.

Elle n'écoutait pas, plus depuis un moment, elle observait Suzanne, Josepha, elle avait remarqué l'absence de Georges, elle se débarrassa des autres aussi vite que possible.

Georges n'est pas là ? dit-elle, embrassant Josepha, puis elle serra la main de Suzanne, puis l'embrassa : Allez, je vous embrasse, dit-elle : Votre mari n'est pas là ? il n'a pas voulu venir ? Il est au petit coin, répondit Suzanne. Je vois, dit Muir : bon, eh bien, en attendant, il faut que je passe au bureau : Attendez-moi, je reviens. Et puis ne faites pas cette tête-là, ça va bien se passer, vous verrez. Elle s'éloigna, très élégante, se dirigeant vers les bureaux.

Georges ressortait des toilettes. Entrant dans le bureau où se trouvait l'Antillais, il s'arrêta, baissa la tête, puis se pencha pour vérifier si ça se voyait. Non, ça ne se voyait pas, la fermeture se tenait bord à bord et le rabat masquait. Il fallait avancer. Il avança, lentement. L'Antillais se demandait ce qui se passait. Il allait le savoir. Au même moment, alors que Georges se dirigeait vers la sortie, Marguerite entra du même côté, juste en face, elle vit Georges.

Ils se retrouvaient, ou plutôt enfin se trouvaient, trop tard, bien sûr, c'est ce qui fait le charme, tout le charme est dans le trop tard. Quoi qu'il en soit, ils étaient là, ensemble, l'un en face de l'autre, ils se regardaient, l'émotion les tenant loin l'un de l'autre, les arrêtant, les empêchant de s'approcher, oui, l'émotion, cette putain d'émotion, c'est ce que pensait Georges.

Si je ne fais rien, pensa-t-il, si je n'avance pas sur elle, l'émotion va me tuer, je le sais, je le sens, mon cœur va éclater.

Il fit d'abord deux petits pas lents, puis acheva de couvrir la distance qui le séparait d'elle par deux grands pas rapides puis s'arrêta, la regardant, il ne cessait pas de la regarder, tellement privé d'elle pensa-t-il, depuis si longtemps, allez, embrassez-moi, qu'est-ce que vous attendez, bordel ?

Il l'attrapa par les épaules, retrouva sous ses mains ce bonheur indéfinissable, sans doute dicible mais c'était pas le moment, il la serrait et, cette pression qu'il exerçait, c'était comme s'il eût appuyé sur le cœur, de l'eau salée s'étala sur le bord des yeux, s'accumula mais sans verser, elle respirait de plus en plus vite, puis se mit à parler de façon précipitée, débitant des chaînes de paroles en hachures, elle se débattait dans un fouillis de périphrases exaspérées, tout lui était bon pour ne pas lui dire je vous aime, alors lui, comme au cinéma, il l'embrassa pour la faire taire, et elle se laissa embrasser, doucement, tendrement, un moment, puis se dégagea, disant à Georges : Il faut y aller, n'est-ce pas ? non ? vous ne croyez pas ? Oui, dit Georges.

## PHASE 7

### Alignement sur piste après accord de la tour.

– décollage, 90 km/h,
– montée, 130 km/h,
– jusqu'à 300 pieds puis rentrer les volets,
– couper la pompe,
– régime, 2 600 rpm maxi,
– montée, 140 km/h sans volets,
– vitesse de croisière, 2 450 rpm.

## 21.

Double commande. Quadriplace. Le pilote et trois passagers. Une place à côté du pilote, deux places derrière. A côté du pilote, Georges, ou Suzanne.

Georges proposa à Suzanne de monter devant, elle refusa, elle avait déjà peur, elle pensait qu'à l'arrière elle aurait moins peur, ou bien, en cas de choc, davantage protégée : Oh non, non, dit-elle, vas-y, toi.

Georges s'installa devant, se hissant de biais pour éviter qu'on, ça ne se voyait pas. Derrière lui, Suzanne. Une place restait libre.

Non, pas Josepha. L'aviation, Josepha, elle en avait soupé. Elle était montée plusieurs fois avec Muir. Un jour, Marguerite lui avait fait peur. Elle fit semblant de toucher le sol et remit, ou plutôt fit semblant d'atterrir, toucha le sol et remit la sauce. Depuis ce jour-là, terminé : Non, non, dit-elle à Suzanne qui lui disait : Vous ne venez pas ? Très peu pour moi, répondit Josepha : Allez-y sans moi.

Marguerite procéda aux vérifications d'usage puis lança le moteur. L'hélice claudiqua deux ou trois tours et puis allez, l'appareil commença à bouger, roulant d'abord lentement sur l'herbe.

Josepha, abrutie par le bruit du moteur, les cheveux dans le vent, fouettée, cinglée, les yeux pleins de larmes, à cause du vent mais pas seulement, c'est toujours comme ça les départs, même quand on sait que c'est pas pour longtemps, une demi-heure, c'est pas long une petite demi-heure, et pourtant, tout se passe comme si ça devait durer longtemps.

Elle les suivit tandis qu'ils roulaient vers le bout de piste. Elle les vit faire demi-tour, se mettre à l'arrêt, attendre. Puis le moteur ronfla, l'appareil s'ébranla, s'élança, prit de la vitesse et puis, à un moment donné, insensiblement, comme par la conjonction miraculeuse de deux forces opposées, les roues se séparèrent du sol.

C'est ainsi qu'elle les quitta.

Un grand quart d'heure après le décollage, l'avion survolait la campagne. Le moteur tournait rond. A bord, tout était normal. Tout avait été vérifié donc tout était normal. Comme s'il suffisait de vérifier. Ça suffisait, ça avait toujours suffi.

Suzanne à l'arrière contemplait les couleurs quadrillées du joli paysage. Tiens, un avion passe, je l'entends d'ici, là où je suis.

Georges, lui, s'était rencogné dans son siège, mains croisées sur le ventre, veillant à ne rien laisser paraître.

Marguerite, ça allait, elle pilotait, elle semblait satisfaite, même plutôt heureuse, ça se comprend, tout ce qu'elle aimait était là, elle avait tout ça sous les yeux, sous les pieds, dans les mains, près d'elle, il lui suffisait de tourner la tête, Georges était là, elle pouvait le regarder, ne le regardait pas, inutile, puisque maintenant il l'aimait, plus besoin de le regarder.

Georges, de son côté, comme pour contredire la tranquillité de Muir, réfléchissait à ce qui est possible et à ce qui n'est pas possible, ou plus possible, or à ce moment précis il lui apparut que rien n'était possible, ou que plus rien n'était possible.

C'est à ce moment-là que Marguerite, elle choisissait bien son moment, tous trois étaient sur le chemin du retour, tourna la tête pour regarder Georges. Elle lui proposa ce qu'elle proposait à tout le monde au cours d'un vol d'initiation, comme dit Sikorsky. Elle lui proposa de prendre les commandes.

Ah non, s'il vous plaît, dit Suzanne. Je suis là, dit Muir, aucun danger, je veille, je le surveille. Alors ? dit-elle, ça vous dit ?

Georges accepta. Ayant accepté, il devait bouger. Il allongea les jambes afin de poser ses pieds sur les pédales du palonnier. Son pantalon bâilla. Il vit qu'il bâillait. Avant de le voir, il le sentit.

D'un regard épouvanté à gauche, il voulut s'assurer que Muir ne voyait pas ça. Elle le voyait, ne voyait que ça. Elle le voyait et elle voyait que Georges voyait qu'elle le voyait, les conditions nécessaires à la conflagration de la honte étaient tragiquement réunies, mais est-ce que cela suffisait ? Pour Georges, oui. En même temps qu'il bousculait le palonnier, il poussa à mort sur le manche.

Au sol, sur terre, ses terres, dans son champ, Jean-Baptiste Larmeur, trente-deux ans, études d'agronomie, marié, un enfant, une fille, Elodie, au lit, la rougeole, elle dérange sa mère sans arrêt, elle a soif, elle prétend, elle veut que sa mère reste avec elle, mais si sa mère passe tout son temps près d'elle à répondre à des questions du genre : quand je serai un chat, est-ce que je pourrai manger des croquettes ? elle ne finira jamais de remplir son dossier de crédit.

A part ça, il était blond, des lunettes modernes, juste deux verres avec deux branches et un pince-nez, la raie au milieu séparant deux mèches courbes qui lui faisaient un front comme entre parenthèses.

Il était aux commandes d'un tracteur étranger vert et jaune, traînant machine, la herse, ratissant large. Il se disait la vie serait quand même plus simple si les ouvriers français fabriquaient des tracteurs pour les paysans français qui en échange les nourriraient. Tu rêves, mon vieux.

Il s'arrêta pour en rouler une, le vieux style, moins pour moins fumer que pour que la pause dure, une pincée d'Amsterdamer à rouler, étirée dans un caniveau d'OCB, rigole mince comme une feuille de RIZLA, tour de main et coup de langue donnant un long mégot plutôt rachot, enfin bref, il l'alluma avec son Bic, puis brusquement leva les yeux au ciel. Comme s'il était exaspéré par la politique agricole commune. Il l'était, mais ce qui l'étonnait, c'était plutôt ce qui se passait là-haut.

Les avions, il avait l'habitude. Des avions, décoller, atterrir, il en voyait toute la journée, ses terres étaient situées le long du terrain d'aviation, pas tout près, parallèles, enfin passons.

L'appareil décrivait des figures de voltige bizarres, sans cesse sur le point de décrocher, comme si le pilote cherchait à redresser tandis qu'un autre, fou clandestin ou fantôme passager, faisait tout pour l'en empêcher.

De la voltige ici, on n'a pas idée, c'est interdit ici, il y a pour ça des espaces désignés, et puis cet appareil, un Robin DR 400 Dauphin 80, immatriculé F-GG XQ, n'était pas fait pour ça, pour la voltige il est recommandé d'utiliser par exemple un CAP 231 Mudry.

# PHASE 8

Après atterrissage.
– dégager la piste,
– rentrer les volets,
– compensateur au neutre.
– réchauffe carburateur coupé,
– pompe électrique coupée,
– retour au parking.

Parking
– frein de parking,
– couper radio et VOR,
– couper toute consommation électrique,
– tirer étouffoir,
– couper magnéto 1 + 2,
– couper contact général et alternateur,
– baisser les volets et quitter l'appareil en laissant l'étouffoir tiré,
– REMPLIR LE LIVRE DE BORD.

CET OUVRAGE A ÉTÉ ACHEVÉ D'IMPRIMER LE DEUX SEPTEMBRE DEUX MILLE NEUF DANS LES ATELIERS DE NORMANDIE ROTO IMPRESSION S.A.S. À LONRAI (61250) (FRANCE)
N° D'ÉDITEUR : 4641
N° D'IMPRIMEUR : 083698

Dépôt légal : octobre 2009